召喚された竜の国で砂漠の王女になりました

～知らない人と結婚なんてごめんです！～

ムラト
イツキが「竜の子」の力でカリムの中に見た、謎の女性……!?
カリム
ファレシュ国近くを遊牧する「砂漠の民」で、若者をまとめるリーダー的存在。ある目的のためにサイードに近づき、ラフィ王女の婚約者の座に収まった。
イツキ
不運続きの大学生。ひょんなことから砂漠の国ファレシュの年若い王女「ラフィ」と魂が入れ替わってしまった。「竜の子」として読心能力を持つ。摂政サイードの命で、カリムと結婚することが決まっている。

シャフィーク
ファレシュ国の貧しい
地区に暮らす少年。
王宮を抜け出した
イツキから財布を
盗もうとする。
ムーア
ラフィ王女の元側仕え。
王女の人格が変わって
いることに真っ先に気づき、
いろいろと気を
回してくれる。
サイード
ラフィ王女の叔父で
ファレシュ国の摂政。
王女の後見人として
王宮を牛耳っている。
登場人物紹介

近頃のマッサージチェアは極楽

「難易度が高い……高すぎる……」

ゲームの話ではない。人生の話だ。

「これって普通……？　みんな、こんなにハードモードで生きてるの……？　クリアできる気がしないんですが……」

ひとり言を漏らしながら五センチヒールのパンプスに押し込んだ足で家電量販店の通路をヨロヨロ歩いていたら、ずらりと並ぶマッサージチェアが目についた。新製品の使い心地を自由に試せる神コーナーだ。一日中歩き回ってヘトヘトになったところでマッサージチェアになんて出くわしたら、誰でも思わず座ってしまうのではなかろうか。私なら座る。

吸い込まれるように腰を下ろし、深いため息をひとつ。手にした紙切れを見つめた。

――いち、じゅう、ひゃく……

「お見積り合計額」という箇所に書かれた数字の桁数《けたすう》を右側から数える。

――いち、じゅう、ひゃく、せん、まん……

三回くらい数え直したけど、残念ながら見間違いじゃないみたい。

フゥーッと長いため息が漏れた。クラクラする。

今座り込んでいるここのひとつ上の階でパソコンの入院費用を見積もってもらったところだ。見積書の一番下にはゼロが四つ。親からの仕送りに頼って生きている大学生には痛すぎる金額だ。臨時の仕送りを頼もうにも、母には頼れず、歴史学者の父ははるか遠い砂漠の国で発掘調査中。連絡をとるのは至難の業《わざ》だ。銀行口座の残高と次の仕送りまでの日数を考えると、しばらく主食は一袋二十九円の特売モヤシで決定だ。

「まいったなぁ」

泣きっ面に蜂。弱り目に祟《たた》り目。踏んだり蹴ったり。

今の自分の状況を表す言葉がいくつも頭に浮かんだ。

見積書をクシャクシャに丸めてしまいたい衝動をなんとか抑え、カバンにしまおうとクリアファイルを取り出した。ファイルには先客がいる。こちらも今はあまり見たくない、ＥＳ――就職活動用のエントリーシートだ。

見積書をＥＳの後ろ側に挟み込み、手前のＥＳに書かれた自分のプロフィールを眺めた。

速水樹《はやみいつき》、七月二十三日生まれ。性別、女。資格、英検準一級。学歴、秀応《しゅうおう》大学文学部歴史学科卒業見込み。学生時代に打ち込んだこと、体操――

フゥ、とまたため息が出る。この短い文章だけじゃ自分の今の状況はとても伝え切れない。

幼い頃から続けてきた体操は大学最後の大会をウォーミングアップ中の怪我で棄権してあっけなく終了し、部活とリハビリで出遅れた就活は現在連敗記録を更新中で、卒論はテーマ選びの段階で完全に行き詰まっている。

気分を少し変えようと自分で切った前髪はパンクバンドのボーカルもかくやというシャープな斜めバングスに仕上がり、直してもらおうと恥をしのんで出向いた美容院で文字通りのお手上げを食らった。

こんなときは友達とお茶でもして元気を取り戻したいところだけど、皆が就活で慌ただしく走り回っていて、予定が合わないまま時間だけが過ぎてゆく。

そんな矢先に、ずっと大好きだった声優が電撃結婚を発表した。それをネットニュースで見て膝から崩れ落ちたのが昨日のこと。

母とは死別、父は三度の飯より発掘という環境の中、放り込まれた全寮制の女子校で一日の大半を体操に費《つい》やし、友達と遊ぶ時間も現実の恋に落ちる暇も――いや、そもそも出会いすら――ない。そんな生活の中で、彼の優しい声と笑顔は寂しさを埋めてくれる心のオアシスだった。つまり昨日のあれは、まごうことなき失恋だった。

ベコベコに凹み、壁に貼った彼のポスターを剥《は》がすこともできないまま布団にもぐり込んで、目が覚めたら家の中なのに雨が降っていた。

上の階の住人の不始末で起きた水漏れだった。大事な推しのポスターは湿って波打ち、彼の画像を大量に保存していたパソコンは水没、主演アニメの円盤《DVD》は無事を確認する勇気が出なかった。卒論はクラウドに保存していたおかげで難を逃れたものの、デスクトップに一時保存していた就活の資料はお亡くなりになった。

トドメが今日の面接だ。水浸しの部屋から奇跡的に無傷で救い出されたスーツを着込んでなんとか面接会場に赴《おもむ》いたはいいものの、斜めの前髪と、泣いたせいで普段の三倍くらいに腫《は》れた瞼《まぶた》じゃ戦闘力はマイナスもいいところ。おまけに自室のことが気になってしまい面接中は終始上の空で、何を聞かれ、何を答えたのかも思い出せない。面接室を出る前に見た面接官は死んだ魚みたいな目をしていた。よほどひどい出来だったに違いない。

——なんかもう、笑えてきた。

左手の肘置きの上に置かれていたリモコンをぼんやりと見つめ、「上半身もみほぐし」というボタンを押した。すぐに、背中の辺りで何やら丸いものがゴロゴロと動き始める。

——お父さんからもらったお守り、ちゃんと持ち歩いてるのに。いいことないなぁ。

発掘にいそしむ父からは、時折思い出したように便りがある。その便りに同封されていた小さなお守りを目の前にぶら下げて振ってみた。

手にすっぽりとおさまるくらいの小さな巾着に、ビー玉より少し大きいくらいの球体が入っている。ピカピカに磨《みが》かれた乳白色の石の玉だ。父の手紙によると『竜の涙』という名の石だという。露店で買った、願い事が叶うらしい、とテンション高めの解説が添えられていた。

日本の道端でも売ってそう、という感想は心の中にとどめ、こちらもテンション高めのお礼の手紙を書いたけど、砂漠の真ん中にいる父のもとに無事届いたかは定かじゃない。

マッサージチェアのもみ玉が腰の後ろを上下する。痛い、だけど気持ちいい。

今のところ、父からもらった得体の知れない玉よりもマッサージチェアの玉のほうがいい働きをしている。さながら、RPG《ゲーム》の回復魔法のようだ。

――あー、極楽。

あまりの気持ち良さに目を閉じた。

――やらなくちゃいけないこと全部投げ出して、砂浜かどこかで推しの声を聞きながら星空でも眺めてたいなぁ。

完全に現実逃避な願望を心の中で唱えたその瞬間、ずるんと、おヘソの辺りを下に引っ張られたような気がした。


目を開けると、真っ白い世界にいた。

あ、これは夢だ、とすぐにわかった。

もやがかかったような視界が少しずつ鮮明になって、正面に人影が見えてきた。女性がピンと背筋を伸ばして椅子に座っている。向こうからはこちらが見えないのか、手を振っても反応はない。

――鮮やかな服。

女性が身につけているのは、晴れた夏の空みたいな真っ青なワンピースだった。長袖にマキシ丈、ゆったりと体を覆《おお》うデザインで、手以外の肌は見えない。頭はすっぽりとベールのような布で覆《おお》われているので、顔の露出面積はスキー帽をかぶった強盗といい勝負だ。

ベールの上には蔓《つる》の絡まったようなデザインの冠《かんむり》をつけていて、冠《かんむり》からは幾重も細い鎖の装飾が垂れて顔回りを覆《おお》っている。その鎖とドレスに縫《ぬ》い込まれたビーズがキラキラと眩しくて、思わず目を細めたそのときだった。頭の中で低い声が響いた。

「竜の子よ」

——え？

女性にもその声が聞こえたのだろう。ハッとした様子で顔を上げ、声の主を探すようにキョロキョロしている。視界を遮《さえぎ》る布を煩《わずら》わしく思ったのか、彼女はそっと顔の覆《おお》いに手をかけ、顎《あご》のところまで下げた。口と鼻を覆《おお》っていた布が取り払われ、彼女の顔が露《あら》わになる。

低い声はゆっくりと続けた。

「そなたらの『ひとつの願い』、しかと聞き届けた」

その声に導かれるように女性がこちらを見た。驚いて見開かれた目は、クレオパトラもかくやという濃いアイメイクに縁《ふち》どられている。はっきりと目が合ったから、向こうからも私の姿が見えているに違いなかった。

——あ、あの顔知ってる……ラフィ王女だ。

ラフィ・ツキ・マレ・ファレシュ。はるか昔に砂漠の国ファレシュに実在した人だ。

ファレシュは母の故郷で、父が歴史を研究している国でもある。私も小学生まで住んでいたので、ラフィ王女の名前はよく知っていた。彼女の名をとって「ラフィ」と名付けられた子が、近所に二人もいたせいだ。それだけじゃない、父や彼の学者仲間たちからは、たびたび「樹はラフィ王女に似ている」と言われてもいた。

大昔の人なので残っている肖像画は一枚きり。どうせ「体育の先生が西郷隆盛《さいごうたかもり》にそっくり」とかいうレベルの「似ている」に違いないとは思いつつ、実在した王女に似てるなんて言われたら、ねぇ。そりゃあ悪い気はしないし、名前くらいは覚えちゃうってもんよ。

肖像画では明るい笑顔だったけど、目の前の彼女は物悲しい目をしている。

「……ラフィ王女？」

私の呼びかけに答えるように王女が口を開いた。そして何か言う。でも声が聞こえない。何やら焦っているようだ。

「えっ？　何？」

王女の声が聞こえない。おそらく私の声も、彼女に届いていない。

「王女、なんて言ってるの？　さっきの低い声は何？」

まるで分厚いガラスか何かに隔《へだ》てられているみたいだ。あちら側とこちら側、互いに必死に何かを言っているのに、音がない。

彼女の言葉を聞かなくちゃいけない。どうしてか、そんな気がする。唇の動きを読み取ろうと彼女の唇をじっと見るけど、なんと言っているのかわからない。

王女がこちらに手を伸ばした。私も彼女のほうへ手を伸ばす。

触れそうな距離にいるのに届かない。黒く縁《ふち》どられた瞼《まぶた》の間で暗い灰色の目が揺れる。

王女はひときわゆっくりと唇を動かした。それでようやく、彼女が言おうとしていることの一部を読み取ることができた。

『――ごめんなさい』

「ラフィ王女？　どうしてあやま――」

思わずマッサージチェアから立ち上がった。

でも、足を下ろした先に地面がない。

『巻き込んでしまって、ごめんなさい』

――ああ、あの口の動きは、そう言ったんだ。

そう気づいたときには、体が下へ下へと落ちていた。

このイケメンは有罪

ゴロン、パキン。

近くで硬い音がした。その音に驚いて体がビクッと揺れ、意識が浮上する。すぐに目を開けようとしたけど、やけに瞼《まぶた》が重くて開かない。どうやらうたた寝をしてしまったようだ。おかげで変な夢を見た。座ったまま寝たせいだろう、首が痛い。

こわばった筋を伸ばそうと、目を閉じたまま首をゆっくりと右に倒した。

――違和感。

何か違和感があった。いや、違和感しかなかった。

五感が先ほどまでと違う情報を拾い上げてくる。

家電量販店の音楽が消えていた。冷房が効きすぎた店内とは打って変わって、肌をなぞる空気はぬるく、そのくせ乾いている。マッサージチェアの座面を覆《おお》うビニールの匂いが消え、遠い記憶を呼びおこす少しスパイシーで砂っぽい香りが鼻をくすぐる。その鼻はといえば、マスクのようなもので覆《おお》われているらしく、鼻息がもわりと口の周りに広がった。

頭を倒したときの感覚もいつもと違う。重い。疲れたときに首回りがズンとなるのとは違って、この重さはなんというのか、そう、とても物理的だ。頭にかぶさったものがすごく重いみたいな。耳の横で、しゃらしゃらと金属のこすれるような音がする。

——金属?

重い瞼《まぶた》をなんとか引っ張り上げて目を開けた。眩しくて、世界が色を取り戻すのに少し時間がかかる。何度か目をしょぼしょぼし、最初に視界にとらえたのはラフィ王女だった。ガラス窓の向こう側から眩しそうな顔でこちらを見ている。

「あれ」

夢から覚めたと思ったのに。どうやらまだ、さっきの夢の続きを見ているようだ。

「ラフィ王女?」

私が話しかけると同時に王女も何か言う。

「え?　何?」

またかぶった。

窓の向こうの王女は眉を寄せ、不審そうにこちらを覗き込んでくる。その動きが自分と連動していることに気づくのに、それほど時間はかからなかった。

右手を挙げると、向こうで王女が左手を挙げる。こちらが左手なら、向こうは右手。鼻をつまめば向こうもつまむし、唇を尖《とが》らせると王女も尖《とが》らせる。同時に左右反転で全く同じ動きをしている。

そう、まるで鏡の中みたいに。

――鏡？　いやまさか、そんな。

「ラフィ様」

横からそう声をかけられたとき、私はガラスの向こう側の王女様に向かって「ウキ」という猿のポーズをしているところだった。

右手を頭、左手を顎《あご》に当てた「ウキ」のまま声のしたほうを見ると、近くに女性が立っていた。

日に焼けた肌に、優しそうな薄茶色の目が印象的だ。彼女も髪はベールで覆《おお》われているが、王女と違っておでこから顎《あご》まで見えている。歳は四、五十くらいだろうか。知らない人だ。

「ラフィ様、どうかなさいましたか」

女性はそう言って、心配そうにこちらの顔を覗き込んでくる。

――ココハドコ、ワタシハダレ。

記憶喪失じゃないのに、この疑問文を使う場面が来ようとは。

「王女？」

三度目の呼びかけにも答えられずに固まったままゴクンと唾《つば》を呑むと、女性は少し眉を寄せた。

女性のほうを見ながら「ウキ」の姿勢をやめ、ゆっくりと両手を下ろした。ふとその手を見ると、華奢《きゃしゃ》な中指に見たことのない重たそうな指輪がはまっている。指を曲げ伸ばしした。自分の指じゃないみたいだ。自分の意志の通りに動いてはくれるけど、しっくりこない。長さも動きも、思い通りじゃない。

——なんじゃこりゃあ。

「一体どうなさったのです？」

間抜けな感想を抱きながら手をにぎにぎしていたら、女性が訝《いぶか》しげな声を上げた。

一歩、二歩。女性が近づいてくる。私は動けないまま顔だけを上げて彼女を見つめていた。

じゃり、と彼女の足元で何かをすりつぶすような固い音がした。

彼女が立ち止まり、足元の何かを拾い上げる。細かなガラスの破片のように見えた。彼女はじっとそれを見つめ、少ししてハッとした顔をする。

「ラフィ様、これはもしかして、竜の涙……？　割れて……？」

女性がカッと目を見開いて私の顔を覗き込んでくる。

「ラフィ様、竜の涙をお持ちだったのですね。そして、お使いになったのですね？　一体何に……？」

目が合った。

とたんに、驚いていた彼女の表情が不審げなそれにとって代わった。探るように目を細め、じっと私を見つめてくる。そして、一歩、二歩、ゆっくりと後ずさった。

「もしかして……ラフィ様……ではない……？　あなたは一体……」

「あの、えーと……」

ファレシュ語を話すのなんて久しぶりだ。そのせいもあって言い淀《よど》んでいると、遠くで人の声がした。その声に突き動かされるように女性はすばやく背後を確認して、蒼白な顔で口を開く。

「時間がない。この際、あなたがどなたでも構いません。ラフィ様とお会いになったのですね？」

「ええと……まぁ、会ったと言えば会ったかな」

「それで入れ替わることになったのですね？　事情はご存じですね？」

「へ？　入れ替わる……？　いや、私はただ電器屋に」

「デンキヤ？」

『何それ』って表情で、女性が問い返してくる。

「その、座ってうたた寝してたら、変な夢を……」

——そう、これは夢の続きだ。

夢だとわかっていながら見る夢って、なんて言うんだったか。白昼夢？　いや、それは違う気がする。推しの声聞きたさに追っかけていたアニメでそんなセリフがあったけど、思い出せない。ともかくも、これは夢だ。

「まさか……事情をご存じないのですか？」

そんな夢の登場人物であるらしい女性が、「信じられない」って顔で問いかけてくる。

「事情って？　いや、それよりも、あなた誰？」

「私はムーアと申します。ラフィ王女の側仕えをしておりました。すでに側仕えの任は解かれていますが、今日は特別な日ですので、お手伝いに」

情報量が多すぎて、拾えたのは「ムーア」という名前だけだった。

人の声と足音が近づいてくる。その音に一層急《せ》き立てられた様子で、ムーアが早口に言った。

「いけない、もう始まってしまう」

「始まるって、何が」

ファレシュに住んでいたのは小学生までだ。語彙力《ごいりょく》もその時点で止まっている。おかげで敬語は得意じゃない。たぶん今の私は、おそろしくつっけんどんなファレシュ語を話しているはずだ。

「いいですか。あなたはラフィ王女です。王女は今晩、婚約の披露をなさる予定で、これからお披露目が始まります。そして、三日後には盛大な祝宴も予定されております」

こんやく、おひろめ、しゅくえん。

すぐに脳内で変換ができず、頭の整理が追いつかない。

「王女の代わりに、あなたに出ていただかなくてはなりません」

「いや、無理無理。私は王女じゃないのに、そんな」

夢がヤバそうな展開になってきたので、気合いで目を覚ませないものかと右の頬を自分でひっぱたいてみたけど、効果はなかった。目の前の人から憐《あわ》れみの視線を向けられただけだ。

「そのお姿はラフィ様です。私がお召し替えをお手伝いしたのですから間違いありません。何より、その中指の指輪はラフィ王女が肌身離さず着けておられたものです」

「いやでも、中身がちが――」

「竜の涙が力を発揮したのですね」

「竜の涙って……あの石のこと？」

父が露店でゲットしたという、あの怪しげな。

「ええ、そうです。そこで割れている、その石です」

彼女が指さした先を見ると、たしかに元は球体だったらしい乳白色のものが粉々に砕けて散っていた。

「竜の力で王女の願いが叶えられたのですね」

「そんなはずは……だって本当に力があれば、私の就活だって」

「シューカツというのが何かは存じませんが、どんな願いでも叶えられるわけではありません。竜がその願いを認め、叶えると決めた場合だけ」

ムーアの言葉が記憶のどこかを刺激した。

そうだ、あの真っ白い空間で、たしか『願いを聞き届けた』という声を聞いた。

「その竜って……もしかして、あの低い声と関係ある？」

ムーアは確信を得たように「やはり」とうなずいた。

「竜の声をお聞きになったのですね。伝説の通りです」

そう言って、ムーアは足元に砕け散ったカケラを拾い集めた。

「力を使うと石は砕け散ると言い伝えられていますが、私も本物を目にしたのは初めてです。まさか王女がお持ちだったとは」

「つまり……王女はその石を使って願い事をしたってこと？」

「おそらく、としか申せませんが」

「私は王女の願いでここに？」

「ラフィ様が何を望まれたのかはわかりかねますが――」

女性の言葉を遮《さえぎ》るように、扉を叩く音がした。ドンドン、という乱暴な音だ。次いで扉の向こうから大きな声がする。

「ラフィ王女。お時間です」

ムーアが怯えた顔をした。つられてこちらの顔もこわばる。ムーアはごくりと唾《つば》を呑み、扉に向かって「少しお待ちを」と声を張り上げた。

そして声を落とし、ぐいと顔を近づけてくる。

「どうか、お願いです。なんとしてもあなたに出ていただかなければ。大変なことになります」

「大変なことって？」

ムーアは背後を確認して、ぶるりと震えた。事情の分からない私も、つられてぶるりと震える。

「罰を……受けることになります」

「私が？」

「ええ、あなたも」

つまり、きっとこのムーアも。

「それは……穏やかじゃないね」

「この王宮が穏やかだったことなど、もう何年もございません。どうか……」

ムーアはまっすぐにこっちを見つめている。救いを求めるような目だ。固く結ばれた唇が、かすかに震えているように見える。

断りづらい。かなり。

「……王女の代わりに、出ればいいだけ？」

そう問うと、彼女は身を乗り出してうなずいた。

「ええ。あとはすべてサイード様のご指示に従うだけで構いません」

「その、サイードっていうのは？」

「ラフィ王女の叔父上で、この国の摂政《せっしょう》です」

「その人は味方になってくれる感じ？」

ムーアはちぎれそうなほど激しく首を横に振った。明らかに、答えはノー。味方どころか、どうやら一番バレちゃいけない相手らしいということが、彼女の表情から読み取れた。

「決して正体を明かしてはなりません。サイード様にも、その他の者にも」

「ファレシュ語はだいぶ忘れてると思うし、敬語にあんまり自信ないんだけど、話さなくて平気？」

「ええ」

「じゃあいけると思う。顔もほとんど隠れてるしね」

「出てくださるのですね」

「出るだけだよ、ほんとに。粗相《そそう》したらごめんなさい。最近、私びっくりするくらいツイてないから」

そう言って肩をすくめたところで、部屋の扉が開いた。曲がりなりにも王女の控え室だというのに、許可もないままバァンと扉を開けられたことに驚くが、扉の向こうから現れた人は無表情だ。

「これ以上は待てません。お時間です」

ムーアに身振りで立つように促され、ゆっくりと立ち上がった。足の感覚が違う。うまくバランスをとれず、ふら、と一瞬よろめいた体をムーアが支えてくれる。

迎えに来たのは厳《いか》めしい装いの兵士だ。近寄ったら怪我をしそうなほどギザギザした鎧《よろい》を身につけている。よく日に焼け、服の上からでも筋肉が隆々《りゅうりゅう》としているのがわかった。男子体操部といい勝負なマッチョ具合だ。

不安そうなムーアに見送られて部屋をあとにし、歩き出す。

前を歩く兵の僧帽筋《そうぼうきん》と自分の脚にまとわりついてくる長い衣装の裾《すそ》に気を取られていたら、長い廊下もあっという間だった。

「王女はこちらでお待ちください」

兵の言葉にうなずき、指示された通りに大きな垂れ幕の前に立った。しゃらん、と頭の上の飾りが揺れる。

垂れ幕の向こう側は何やら賑《にぎ》やかだ。すぐ近くで演奏されているのか、大音量で流れている音楽には聞き覚えがあった。父のお気に入りで、幼い頃は子守歌代わりに聞いていたから今も口ずさむことができる。ファレシュの宮廷歌だ。ずっと昔から歌い継がれてきたものだと教えられていた。

宮廷歌、ラフィ王女、と来れば、ここはファレシュの宮殿に違いない。

「ココハドコ、ワタシハダレ」のふたつの問いに一応の答えを得て、少し心に余裕が生まれた。

――案外、悪い夢じゃないかもしれない。

きれいな服を着て、王女様として大切に扱われて、数日後には祝宴《パーリナイ》が待っている。これで婚約者とやらがイケメンなら文句なしだ。欲を言えば、婚約者のキャラクターボイスが推しの声なら完璧。しばし幸せな妄想に浸りつつ、キョロキョロと辺りを見渡す。廊下には等間隔に丸い柱が並び、天井はたるんだ長い布で覆《おお》われている。

夢のくせに、かなりリアルだ。

ファレシュは東西の交易の重要な拠点だったせいで、歴史上何度も侵略の憂《う》き目《め》にあった。その混乱の中で王宮は失われ、かつての姿は残っていない。

父はその失われた王宮の発掘をライフワークにしているので、発掘されたほんの一部――日干し煉瓦《れんが》がちょっと積み重なったのとか、柱が何本かとか、その程度――ならば私も見たことがある。けれど、そんなわずかな情報を元に、私の想像力はどうやってこの壮麗な建物を組み立てたのだろうか。

もしも私に絵心がカケラでもあって、夢から覚めたあとでこの景色を絵にしてあげたら、父はどんなにか喜ぶだろう。まあ残念ながら絵心は皆無、美術は万年赤点ギリギリだったので、無理な願いだ。

そんなことを思っていたら、目の前の垂れ幕の向こう側で低くしわがれた声がした。

「為《な》すべきことはわかっておろうな」

自分に対してかけられた声だろうかと驚いて息をひそめていると、こちらも垂れ幕の向こう側から「もちろんです」という声が上がった。

――え、待って。

時が止まったような気がした。

――今の声。

推しの声だ。電撃結婚を発表したばかりの、大好きな声優の声がした。

少し鼻にかかったようでマイルドな、いわゆるイケボだ。ゲームにアニメ、吹き替えの海外ドラマに映画にと、推しの出演作品を三百六十五日嗜《たしな》んでいた私の耳が、彼の声を聞き違えるはずはない。

ついに夢にご本人が降臨したのか。垂れ幕を引っぺがしたくてウズウズしていたら、しゃがれ声が続いた。

「ラフィは従順な良い妻になるぞ。口答えひとつせん。儂《わし》が何年もかけてそう仕込んだからな」

その不愉快な言葉に、推しが低い笑い声を上げる。大好きな声なのに、嫌な感じの笑い方に背筋が寒くなった。

ふたつの声は、なおも会話を続ける。

「鼻っ柱の強い女は面倒ですからね。躾《しつけ》の手間が省《はぶ》けて助かります」

「あれは母親に似て、見た目も申し分ない」

「王女の美しさについての評判は聞き及んでおります」

しゃがれ声の主がフム、と鼻を鳴らした。

「お前をラフィの婿《むこ》に選んだこと、後悔させるなよ」

「はい。このご恩は決して」

「お前にはまだまだ役に立ってもらわねばならんからな。王となり、今以上に働いてもらうことになる」

「仰《おお》せのままに」

聞き捨てならない会話だ。

幕一枚を隔《へだ》てた向こう側で、ラフィ王女の叔父と婚約者と思《おぼ》しき人物がとてつもなくゲスな話をしている。

「ところで、例の件は」

「片付きました」

叔父らしき人がふと声のトーンを落として囁《ささや》くように言うと、こちらもヒソヒソと、推しの声が答えた。

「全員か」

「はい」

今度は何やら不穏な話だ。「片付いた」の意味が私の知っている「お片付け」とは違う気がする。

「儂《わし》の指示だとは？」

「もちろん知られていません」

「首尾良く運んだな。外国からの客人を迎える前に厄介な奴らを一掃できた」

「はい」

「ご苦労……と労《ねぎら》ってやりたいところだが、お前がこれから手に入れる王冠の対価と思えば、安いくらいよの」

「おっしゃる通りです」

——良い夢かどうかは微妙な展開になってきたけど、よくできた夢だ。

仄暗《ほのぐら》い推しの声を聞きながら、そう思った。

推しはあまり悪役を演じない。本人がめちゃめちゃに愉快で明るいキャラなせいか、演じる役柄も善人が多い。

以前インタビューで今後悪役を演じる可能性について問われ、『役の解釈にいつも以上に気を配らなくちゃならないし、自分の心の奥底にある邪悪なものを引っ張り出してきて向き合わなくちゃいけないので、難易度は高くなると思う。でも、悪役を演じてみたい気持ちはある』と答えていた。

その記事を読んで、私も「いつか悪役な推しの声も聞いてみたい……悪役でも絶対に推せるキャラになる……（確信）」と妄想を爆発させていた。

その「いつか」を、ついに夢の中で実現させてしまったらしい。

しかし予想に反して、推しの声で聞く邪悪な会話は不快でしかない。

「準備が整ったようだ。いよいよだな」

「はい」

幕の向こう側で人の動く気配があった。慌てて少し体を引き、聞き耳を立てていたのがバレないように息を殺す。すぐに幕が細く開いて、怖そうな見た目のオジサンが姿を見せた。

「ラフィ、来たな」

先ほどの会話の、しゃがれ声のほうだ。黒と白の混じったぼさぼさの眉毛の下で狡猾《こうかつ》そうな目が光り、白く長い顎髭《あごひげ》の先っぽが喉《のど》のあたりでツンと尖《とが》っている。眉間に刻まれた皺《しわ》の深さからして、ゴキゲンな性格ではなさそう。

白いシャツワンピに金のローブを羽織ったような服はファレシュの盛装だ。ローブに施《ほどこ》された細かな装飾を見るに、この人が王女の叔父、サイードで間違いなさそうだ。

私の耳元に顔を寄せ、低い声で囁《ささや》いてくる。

「ようやくお前が役に立つときが来た。未来の夫を怒らせるような振る舞いをするなよ。お前に期待はしていないが、せめて生かしておいて良かったと思える程度の働きはすることだな」

——ヒィ。こわい。

答えを求められている風ではなかったし、はちゃめちゃに怖かったので、何も答えずに俯《うつむ》いていた。その反応で正解だったらしく、オジサンはフン、ともう一度鼻を鳴らして少し離れた。

「幕を開けろ」

サイードの号令で、目の前の垂れ幕が持ち上げられる。

パッと視界が明るくなった。顔を覆《おお》う布のせいで視野は極端に狭いのに、それでもなお飛び込んでくる情報が多すぎて処理に時間がかかる。

垂れ幕の向こう側は外だった。目の前にバルコニーのようにせり出した小さな空間がある。五人ほどが立てば満員になってしまいそうなサイズ感だ。空には月が出ていた。

眼下を埋め尽くすのは、無数の松明《たいまつ》と群衆だ。月明かりと松明《たいまつ》の火で、夜とは思えないほど明るい。

「王女」

バルコニーに立つ長身の男性が声をかけてきた。月明かりが眩しくて顔はよく見えないが、推しの声だ。

「何をしている。早くカリムの隣に立たんか」

しゃがれ声に急《せ》き立てられ、バルコニーに出ようと慌てて足を踏み出した。

と、ぐん、と体を下に引っ張られ、バランスを崩してよろめく。

「あっ」

服の裾《すそ》を踏んでしまったのだ、とわかったときには遅かった。咄嗟《とっさ》に地面に手をついて顔面の強打は免《まぬか》れたものの、体は完全に地面に倒れ込んでしまっている。頭の上で冠《かんむり》がズズ、とズレるのがわかった。

——ヤバイ。

こういうときの反射神経とバランス感覚には自信があったのに、体が全然言うことを聞かない。借り物みたいだ。

慌ててよたよたと立ち上がり、冠《かんむり》を元の位置に戻す。平静を装おうとしたけど、心臓はバック

バクだ。眼下で群衆がざわついている。無理もない。キラキラした服を着た王女様が石造りのバルコニーでズッコケるなんて、見たこともない光景に違いないから。

おそるおそる顔を上げ、婚約者のほうを見る。その表情の冷たさに、背中がひやりとした。

すぐ傍に立っているのだから、コケて立ち上がろうともがいている婚約者に手を差し伸べるくらいのことはしても良さそうなものなのに、彼は先ほどの位置から一歩たりとも動かずに感情のない目でこちらを見下ろしている。

褐色《かっしょく》の肌に彫りの深い顔立ち、それを縁《ふち》どる黒い短髪。鼻筋はスッと高く、顎《あご》のラインは少し角ばっている。意志の強そうなまっすぐの眉毛には、スリットと言うのだろうか、左眉の目尻側に二か所細い切れ目がある。ヤンキーみたいだ。でもムカつくことに、よく似合っている。

中でも印象的なのは瞳の色だった。黄色でも茶色でもない、ハチミツみたいな色をしている。

顔は推しの声優には全く似ていない。安堵《あんど》なのか落胆なのか、心の中でため息が出た。

彼は何も言わず、群衆のほうへ向き直った。そしてざわつく群衆に向かって片手を挙げる。すると、ピタリと声がやみ、場は静けさに包まれた。小学校の帰りの会で先生が叫び声を上げたときでも、こんなに静かにはならなかった。

――片手で人を黙らせられるなんて。

すごい、と思いかけて、慌てて思考を軌道修正する。イケメン無罪とはよく言ったものだけど、残念ながらこのイケメンは陪審員《ばいしんいん》全員一致レベルの明らかな有罪《ギルティ》だ。

横目でイケメンを見ながら、脳内で先ほどのオジサンとイケメンのやりとりを反芻《はんすう》する。

——なぁにが「鼻っ柱の強い女は面倒」だよ。こちとら、この宮殿の柱くらい丈夫な鼻持ってるっての。

そんなことを思っていたら、思わずフンと鼻が鳴った。イケメンが眉を持ち上げてこちらを見る。慌てて「ンンッ」と小さく喉《のど》を鳴らして整えるふりをしながら目を逸らした。ずっと目を合わせていたら、あのハチミツ色の瞳にいろんなことを見透かされそうな気がした。

イケメンはしばらく私のことを見つめていたけど、頑《かたく》なに目を合わさずにいると諦めたように群衆のほうに向き直った。

それにしても、すごい人数だ。夜風の涼しさと人々の熱気が入り混じって、ぬるい空気が体を包んでいる。

——体操の大会のときみたい。

大きな大会となれば観客の数もかなり多い。応援の声、見守る仲間やライバルの視線の中にひとりで立って、自分の演技に集中する。目を閉じて深呼吸をすると、周りの音が全部吸い込まれて消えていくような感覚があるのだ。

「皆、今宵はよく集まってくれた」

顔を覆《おお》う布の中で深呼吸をしていたら、後ろから太いしゃがれ声が上がった。

仰々《ぎょうぎょう》しいファレシュ語だったせいで、脳内で訳すのに少し時間がかかってしまった。日本で言うサムライ言葉みたいな古い言葉遣いだ。

「ようやくこの日が訪れたこと、心より嬉しく思っている。我が姪《めい》ラフィと砂漠の男カリムの婚約を、今宵正式に発表できる運びとなった」

ワァァアアアア、という歓声に包まれた。色とりどりの服を着た人たちがこちらを見つめて盛大な拍手を送ってくる。

かりそめとはいえ一応王女なので、手を振って歓声に応じるなりしたほうが良かろうかと隣の男性を盗み見たけど、彼はただ平然と立っていた。歓声を当然みたいに受け止めていて、またフンと鼻を鳴らしてしまう。

――ほんっと好かんわ、この人。

「結婚式は次の満月の夜に執《と》り行う」

なおも続いたしゃがれ声に、歓声第二弾が上がる。それを私は、なんだか遠いもののように見つめていた。

だって私はラフィ王女じゃないし。

これは夢だし。

夢のくせに、やたら現実味があって、まるで覚める気配ないけど。

群衆の向こう側に広がる満天の星が、記憶のどこかを刺激した。なんか私、星空を見たいって思った気がする。

そう、電器屋で。マッサージチェアに座って。

――待って。私あのとき、なんて思った？

『やらなくちゃいけないこと全部投げ出して、砂浜かどこかで推しの声を聞きながら星空でも眺めてたいなぁ』

推しの声、星空、砂。ぴたりと揃《そろ》っている。

――いや、砂浜とは言ったけど砂漠とは言ってないよ。でも待って、今問題なのはそんなことじゃなくて。

すう、と頭のどこかが冷えた。

これはきっと夢

それからどうやってその場を乗り切ったのか、全然覚えていない。

気がつくと、最初に目覚めたのと同じ控え室のようなところで、心配そうな表情のムーアに顔を覗き込まれていた。

「ひどい顔色です。大丈夫ですか、ラフィ様」

その名前を聞いて、反射的に答えた。

「私はラフィ王女じゃなくて――」

「ラフィ様です」

きっぱりと言い切られ、頭を抱える。

ちがう、私はラフィ王女じゃない。速水樹だ。就活中の大学生だ。マッサージチェアに座っていた。二十一世紀を生きてきたから、竜の力で他の人と入れ替わっちゃうなんてナンセンスは映画か小説かゲームか、それとも夢の中でしか起こらないって知っている。

そう、夢だ。夢以外にあり得ない。そのはずなのに、頭のどこかで「現実なのでは」という疑いが頭をもたげる。

――夢なの？　夢じゃないの？　いや、これが夢じゃないなんてことある？

こんなに混乱しながら夢を見ていたことは、これまでに一度だってなかった。

「夢……だよね？」

同意してほしくてムーアを見つめたけど、彼女は悲しそうな表情で首を横に振った。

「あなたにとってどうであれ、私にとっては現実です」

そんなこと言ったって、と返そうとしたら、ムーアがハッとした顔をした。私も開きかけた口を閉じて耳を澄《す》ますと、話し声が近づいてくるのがわかる。静かな声と、それを一喝する鋭い声だ。

イケボとしゃがれ声、どちらにも聞き覚えがあった。

ムーアとふたりで身を固くして扉を見つめる。

まもなく、いかにも重そうな扉がバァアンと大きな音を立てて開いた。開いた扉は壁に強く当たり、少し跳ね返って止まった。

「ラフィ！　そこか！　この儂《わし》に恥をかかせおって！」

部屋に躍《おど》り込んできたのは、しゃがれ声の主サイードだった。顔の半分は白い髭《ひげ》に覆《おお》われていて見えないけど、髭《ひげ》のない部分は真っ赤だ。どこからどう見ても怒り狂っている。

そのすぐ後ろにはゲス婚約者が無表情で立っていた。

「閣下」

ムーアが慌てて姿勢を低くし、深々と頭を下げる。正しい作法はよくわからなかったが、私もそれに倣《なら》って体を低くした。

「下がっておれ」

サイードがムーアにそう命じる。彼女は顔を上げ、私を見た。おそらく私をひとり残して良いものか迷ったのだろう。ほんのわずかな時間の逡巡《しゅんじゅん》を経て、気の毒そうな一瞥《いちべつ》を寄越した。

そんなムーアの表情から悟る。

——もしかして、たぶん、いや絶対に、かなりヤバイ状況なんだな。

お願いだから傍にいて、置いていかないで、とムーアに縋《すが》りつきたかったけど、あからさまに怒り狂ったサイードの前で叫ぶ勇気は出ず、部屋を出ていくムーアの背中を見送るしかなかった。

「カリム、扉を閉めろ」

ムーアが出ていくなり、サイードが婚約者に命じる。彼は逆らうことなく、両開きの扉を静かに閉めた。

ごく、と唾《つば》が喉《のど》を通る音が耳の奥で響く。

「ラフィ。お前はまともに歩くことすらできぬのか。あのような場で躓《つまず》くなど言語道断！」

荒々しい声が高い天井にわわんと反響した。

サイードはノッシノッシと——この擬音がこんなに似合う歩き方を初めて見たけど——こちらへ

歩いてきて、数歩離れたところで止まった。髭《ひげ》に覆《おお》われた口元が震えている。

ただならぬ雰囲気を感じ取り、慌ててこちらも体勢を整えた。礼儀に配慮したというより、本能的な臨戦態勢だった。

「ラフィ！」

「はイぃっ」

緊張して声がひっくり返った。モジャついた髭《ひげ》といい、皮膚のでこぼこした鷲鼻《わしばな》といい、狡猾《こうかつ》そうな目といい、映画に出てきたら「あ、これが悪い奴らの黒幕」とすぐにわかるような風貌のオジサンが怒りも露《あら》わな様子で目の前に立っているのだ。怖くないわけがない。

サイードが一歩こちらに足を踏み出した。

ぶる、と首の後ろが寒くなる。背中から肩にかけて鳥肌がゆっくりと広がっていく。

サイードの手が大きく振り上げられた。

――あ、ヤバイ、叩かれ――

バッチィィイイイイーーーーーン。

張り手を食らった。それはもう、目の覚めるようなフルスイングだった。

それで本当に目が覚めてくれればいいものを、夢は続いている。叩かれた衝撃で体が横に吹き飛び、石の床の上を滑った。耳の中でキーンという高い音がする。

――耳鳴り？

信じられない思いでサイードを見上げたら、間髪《かんはつ》をいれずにもう一発お見舞いされた。

驚きと痛みで何も考えられないまま、頬を押さえてうずくまる。

驚きの理由は理不尽な暴力だけじゃなかった。サイードの手が頬に触れた瞬間、頭の中に無数の映像みたいなものが浮かんだのだ。もやもやとしていて不確かで、すぐに消える。

映像はどれも今の私みたいに叩かれるラフィ王女の姿だ。それも、叩いている側――サイードの視点だ。映像の中の王女は叩かれても表情を変えることなく俯《うつむ》いている。

――何これ、何これぇ。

わけがわからないまま頬を押さえて見上げるサイードの表情から、これで終わりではないとわかった。

「こんな粗相《そそう》のないようにと、身支度にあのムーアとやらをつけてやったのに！　恩を仇《あだ》で返すとはまさにこのこと！　一連の儀式が終われば、ムーアには二度と会えないものと覚悟しろ！」

矢継ぎ早に言われて、返事をするどころではない。

「返事はどうした！」

――ダメだ。身を守らないと。また――

また来る、と思って目をぎゅっとつぶった。けど、音がしない。痛みもない。

下を向いたままおそるおそる目を開けると、床に落ちた長い影が見えた。ゆっくりと顔を上げ、目の前に立ちはだかる人の背中を見つめる。

――ゲス婚約者だ。

なんという名だったか。先ほど着ていた豪華な羽織ものは脱いだらしく、シンプルな白い長衣を着ている。

「閣下。どうかそれ以上はご容赦《ようしゃ》を」

ゲス野郎が静かに言った。こちらに背を向けているので、表情はわからない。

「カリム。まさか貴様、邪魔立てする気ではなかろうな？　儂《わし》に恥をかかせるとどうなるかをわからせねば」

いや、もう十分です。まじで、結構、かなり、はっきりとわかった。

粗相《そそう》をすると平手打ちを食らう。わざとじゃなくても平手打ちを食らう。躓《つまず》くのはご法度《はっと》。

男性は再び振り上げられたオジサンの手をそっと押し戻した。

「閣下。それ以上なさると、閣下の御手が傷ついてしまいますので」

——そこォ⁉　閣下サマサマのおててよりも私の頬と心の傷のほうが大きいんですが！

心の中でツッコミが炸裂《さくれつ》したが、幸いにも頬を押さえていたおかげで声は出なかった。

自分の手を気遣う言葉に満足してか、赤かったオジサンの顔が徐々に肌色に戻っていく。

肌色オジサンはようやく手を下ろした。そしてこちらを指さす。

「ラフィ、二度目はないぞ。儂《わし》に恥をかかせるな」

床に這《は》いつくばったまま、反射的にうなずいた。

それを見届けて、サイードがフンと鼻を鳴らす。鳴らしたいのはこっちのほうだ。

「カリム、行くぞ」

力いっぱいそう言うと、上着の裾《すそ》を翻《ひるがえ》して去っていく。

カリム、と呼ばれた婚約者は、こちらに一度視線を投げて寄越した。硬い表情だった。もうわかっていたけど、助け起こしてくれることはなく、彼はオジサンのあとを追って、何も言わずに去った。

しばらく、私は冷たい床に座り込んだままじっとしていた。どうすればいいかわからなかったからだ。

夢の中で途方に暮れたのは初めてだ。大体の夢は次から次へと支離滅裂な展開が襲ってくるものなのに。この夢はちゃんとストーリーがつながっている上に、頬が痛い。つねって夢かどうかを確認するまでもない。

三十分ほどはそうしていただろうか。トントン、と遠慮がちに扉が叩かれた。

「ムーア？」

そうであってほしい、と思いながら呼びかけたけど、返事はない。

なおも座り込んだまま扉を見つめていると、キィという静かな音と共に扉が薄く開いた。そして、わずかな隙間から滑り込むようにひとりの女性が入ってくる。

ムーアではない。私と同い年くらいだろうか。若く小柄な女性だ。丸い目と小さな口で、小動物を連想させる顔立ちをしている。装飾のない質素な服装を見るに、ここで働いている人だろうか。

彼女に促されるまま立ち上がり、あとについて部屋を出る。助け起こしてくれる間も歩いている間も、彼女は一言も発しない。

「ムーアは？」

短い問いには、首を横に振る仕草だけが返ってきた。

だだっ広く長い廊下を黙々と歩いていく。奥へ奥へと進んだ先に、大きな木の扉があった。女性がそこを押し開け、中に入るようにと目線で合図をくれる。

扉の向こうには広い部屋があった。ベッドが置かれているから、おそらく王女の私室だろう。

――夢とはいえ、勝手に王女の部屋に入っちゃって申し訳ないな。

私だったら、自分の部屋に他人が勝手に入るなんて嫌だ。

どう振る舞えば良いかわからず立ち尽くしているうちに、女性は私の顔を覆《おお》っていた布を剥《は》ぎ取り、複雑な作りの服を脱がせてくれた。シンプルな白いひざ丈のズボンと、こちらもシンプルな立て襟《えり》のブラウス一枚になる。ババシャツとステテコみたいな見た目だ。下着兼パジャマ、という感じなのだろうか。

着替えが終わると、得体の知れない液体のついた布で顔をぬぐわれた。変な匂いがする。化粧を落としてくれているらしい。布が頬に触れたときは、思わず声が出た。

「イタタタタタタタタ」

女性は少し力を弱めてくれたけど、やはり無言のままだった。

それが終わると、彼女は部屋の蝋燭《ろうそく》に灯りをともし、そそくさと部屋を出ていった。

会話は一切なしだ。一度だけ「ありがとう」と声をかけると、驚いた顔をされた。でも返事はなかった。彼女の全身から話しかけるなオーラがビシビシと出ていたし、私もまだ頬が痛くてあまりしゃべりたい気分ではなかったから、早々に引き揚げてくれたのはありがたかった。

サイドが「ラフィは従順だ」と言った意味がわかったような気がした。ずっとあんな風に叩かれていたら、そりゃ逆らう気力なんか失ってしまう。

ひとりきりになって、ようやく深く息を吐いた。肺まで吐き出すんじゃないかというくらい、深い深いため息だった。

――とんだ夢だ。

間違いない。厄年だ。目が覚めたらお祓《はら》いに行こう。

そんなことを考えながら部屋を見渡した。

だだっ広い。私が住んでいたアパートの部屋がまるまる三つ分くらいは入るだろうか。天井が高いせいで余計に広く感じるのかもしれない。

天井から鎖でぶら下がったガラスの箱の中に蝋燭《ろうそく》が揺れている。ああいうのをなんと言うのか。語彙力《ごいりょく》がないのでわからない。カンテラでもなく、ランタンでもなく。これといった装飾もないシンプルなデザインで、実用性だけを追求したような質素なこの部屋にはよく合っている。

――質素っていうより、殺風景だなぁ。

王女の部屋だというのに煌《きら》びやかさはなく、年頃の女子っぽさを感じさせるものも何もない。そりゃあ推しのポスターがでかでかと貼られているはずないのはもちろんだとしても、たとえば刺繍《ししゅう》とか、フリルとか、レースとか、可愛い小物とか、日々の癒しになるようなものが少しはあってもおかしくないのに。

広い部屋の隅《すみ》にベッドがひとつ。ベッドの足元に蓋《ふた》つきの衣装箱がひとつ。ベッドと反対側の壁に小ぶりの鏡台がひとつ。それに、小さなテーブルがひとつに、椅子が一脚。家具はそれだけだ。

ベッドには天蓋《てんがい》がついていて、薄い布がかかっている。強《し》いて言えば、その薄い布の柔らかさが女性っぽくはあるのだけど、この殺風景な部屋の中では蚊帳《かや》のようにも見えてしまう。

部屋の外にはバルコニーがあった。

窓はなく壁の一面をぶち抜いたような造りなので、部屋の中と外の境界は曖昧《あいまい》で、部屋からそのままバルコニーに出られる。ファレシュの建物ではよくある造りだ。日中の暑さを和《やわ》らげるために風通しを重視し、壁をできる限り少なくしているのだ。

他人様の部屋にひとり。何をして良いかわからず、少し離れた鏡台の鏡を見つめた。鏡の中の人は、私の知っている肖像画のラフィ王女よりもずっとやつれて悲しい目をしている。

赤くなった頬にそっと触れると、腫《は》れて熱を持っていた。

「早く覚めないかな、夢」

ハードモードな人生に疲れてボヤきながらうたた寝したら、もっとハードモードな夢を見せられている。

初対面のオジサンから重たい平手打ちを食らい、正直かなり傷ついた。推しの配役も最低だ。彼には「いつか悪役も」なんて言わず、是非これからも陽の当たる王道キャラを演じてほしい。

頬の状態をもっとよく見ようと鏡台に近づき、椅子に腰を下ろした。そして鏡の中のラフィ王女を見つめる。たしかに父や父の発掘仲間の言っていた通り、私——速水樹によく似ている。

でも目の色は違う。私の目はほぼ黒だけど、ラフィ王女は灰色だ。まつ毛の長さも違う。

たぶん砂漠に住んでいるせいだろう、鼻毛の密度も違う。砂が絶えず飛んでくる土地なので、砂の侵入から体を守るべく、鼻毛の密度が高いのだと思う。

それから、私の頬にある小さなホクロが彼女の頬にはない。

髪の毛も違う。私はミディアムの髪の毛を茶色に染めているけど、王女の髪は黒くて背中くらいまである。そして量が多い。ふわふわしたウェーブの髪が少しざらついて感じられるのは、乾燥して砂っぽい環境のせいだろうか。

覚めない夢に混乱したまま鏡とにらめっこしていたら、木の扉を叩く音がした。身構えて返事をできないでいると、少しして扉が開く。先ほどの無言の女性だった。

相変わらずすごくつまんなそうな顔で、片手に何やら持っている。赤茶色の陶器の小瓶で、小さなつまみのついた丸い蓋《ふた》で閉じられていた。

「それは……何？」

聞こえていないはずはないのに、そして間違いなく私はファレシュ語で聞いたのに、問いは完全にスルーされた。無言のまま小瓶を差し出してくる。

「私に？」

うなずく。

言葉は通じているらしいのに、ともかく言葉が返ってこない。

「中身は何？」

彼女は自分の頬に触れた。そして左右に手を少し動かす。その動きでわかった。

「あ、もしかして……薬？」

彼女がうなずく。

「ありがとう」

そう声をかけると、彼女は驚いたような顔をした。この表情を見るのは二度目だ。さっき部屋まで連れ帰ってもらったときも、お礼を告げたら驚いた顔をしていた。けれど彼女は、やはり無言のまま去っていった。

彼女の背中を見送ると、そっと蓋《ふた》を開ける。ねばねばした緑色の液体が入っていた。指でおそるおそる中身を掬《すく》い取り、ほんの少しだけ頬に塗ってみる。

「イタッ」

思わず声が出た。沁《し》みる。でも、スッとした清涼感があった。ハッカみたいだ。痛みで頬が熱を持っていたから、その冷たさが気持ち良かった。

痛みと清涼感と変な匂いに涙が出る。涙はもしかすると、痛みのせいだけじゃなかったかもしれない。

「夢の中って、痛み感じるっけ……」

夢かどうかを確認するのに頬をつねるのは、夢なら頬が痛くないからだったはずだ。なのに、私は今痛みを感じている。

「夢でしょ……？　夢だよね……？」

もともとそれほど自慢できる容量でもない私の頭は、完全に容量オーバーでパンクしていた。

ゲス野郎な婚約者も、平手打ちの摂政《せっしょう》も、不愛想極まりないお世話係も、唯一の味方っぽいムーアも、何より、他人の体を間借りしているこの妙な感覚も。

——目が覚めたら全部消えてて、元通りだ。

緑色の頬のままベッドに倒れ込んだ。たぶん混乱して疲れていたせいだろう。すぐに眠りに落ちた。

朝日

びゅううう、という風の音で目が覚めた。

——夢から覚めて……ないな。

意識が浮上するなりそう思った。砂の香りがしたからだ。

目を開けてその事実を再確認し、ため息をつく。目が覚める瞬間に「もしかして今度こそ」と期待して、すぐにその期待を打ち砕かれるのにも慣れてきた。

夢はしつこく、本日で四日目だ。

昨日とおとといは、無口な人が届けてくれる食事をひとりで摂《と》る以外にすることもなく、部屋の中でストレッチをしたりゴロゴロしたりして過ごした。就活で毎日ＥＳ《エントリーシート》の締め切りに追われ、喉《のど》から手が出るほど欲しかったゴロゴロタイムは二日でお腹いっぱいになった。

次の満月がいつだか正確にはわからないけど、毎夜見上げるシュッとした月はどうやら少しずつ膨らんでいっているようだから、サイードの言っていた結婚式まではあと二週間弱くらいだろうか。

それまでには目を覚まさないと、夢の中で知らない人と永遠の愛を誓うことになってしまう。これが普通の夢なら「推しと同じ声のイケメンと結婚なんて大歓迎」に違いないけど、夢の内容が不穏すぎるのでノーサンキューだ。

体に巻き付いていた毛布を剥《は》ぎ取り、ベッドの上で身を起こす。

――いつまでも覚めない夢って、現実と何が違うんだろう。

ズゥンと落ち込みそうになる気持ちをなんとか立て直そうと、自分に言い聞かせる。

――大丈夫。いつか必ず目が覚める。あのままマッサージチェアで寝こけているとしたら、閉店時間になれば店員さんが起こしてくれるはず。ウン。大丈夫大丈夫。

身動きをした拍子に頬が引き攣《つ》れて、思わず「テテ……」と声が出た。緑色の軟膏《なんこう》の効き目は驚異的だけど、フルスイングの平手二発の痛みはやはりすぐには治まらないらしい。

澄《す》んだ空気と外から差す薄明かりを見るに、今は早朝だろう。両腕を上げて「ン、ン」と伸びをすると、寝起きでぼんやりしていた頭が徐々に冴《さ》えてくる。

――今日はたしか、婚約披露の宴《うたげ》とやらだったな。

ベッドから降りた。肌寒い。昼間は暑いが、朝晩はぐんと冷え込む。

伸びをしたまま左に体を倒そうとしたけど、いくらも傾かないうちに右脇腹の筋が悲鳴を上げた。

「イテテテ……」

体が思うように動かない。正座をして足が痺《しび》れたときとか、怪我のリハビリで久しぶりに体を動かしたときに似ている。自分の足なのにどこにあるのかわからないような、妙な感覚だ。

何度か屈伸と前屈をして、体の硬さに絶望した。だめだコリャ。

ストレッチで気分がスッキリするどころか、重苦しい気持ちになりながら、体を動かすのを諦めてバルコニーに出た。外はまだ薄暗く、地平線の縁《ふち》がようやく黄色味を帯びてきた頃合いだ。

「ファレシュの匂いだなぁ」

そうひとりごちた。懐かしい。

風に乗ってきた砂が髪や肌につく。でも日本のビーチで遊んだあとみたいに肌がザラついたりはしない。砂の粒が細かいからだろう。

指で肌をなぞると、黄金色の粒がサラサラと肌の上を滑るように落ちていく。その砂粒が床に当たる小さな音すらも耳に届きそうなくらい、宮殿の中は静かだ。

遠くの道路を車が走るサーッという音だとか、本当に微かに聞こえてくる救急車のサイレンの音だとか、どこかで吠える犬の声だとか、換気扇の音だとか、廊下を歩く顔も知らない誰かの足音とか、これまでの日常にはたくさんの音があふれていたのだと、今更気づく。

しばらく外を見つめてじっとしていたら、だんだん空が赤くなってきた。

周囲に視界を遮《さえぎ》る高い建物はひとつもなく、空気は澄《す》み切っている。おかげでどこまでも遠くまで見渡せた。

王宮は広く、ぐるりと塀《へい》に囲まれている。砂漠の王宮といえば玉ねぎ形の屋根が「これでもか」

とばかりに並んでいるイメージだけど、この部屋から見える玉ねぎは三つだけだ。

右側に見える門の外には街があり、左側には切り立った山がある。日本の山とは違う、黄色い岩を積み上げたようなごつごつとした形をしていて、緑色のものはひとつも見当たらない。

びゅうううう、と耳元を風が通り過ぎていく。

その風に煽《あお》られて、髪がぶわりと広がった。ばたばたと四方にはためく髪を、なんとか両手で押さえてひとまとめにし、服の襟《えり》の中に突っ込む。

そして、街の外に広がる広大な砂漠を見た。赤く燃える地平線まで、ずっと砂の地が続いている。

朝の訪れを知らせる光が砂に反射して四方八方に散り、まるでひとつひとつが宝石みたいに輝いている。

――きれい。

見たことのない美しい景色に感動していたら、視界がゆら、と揺れた。目の表面にたまった涙がふつりとこぼれる。涙はあとからあとからあふれた。

景色に感動したせいではなかった。

わかってしまったからだ。

いや、たぶん、とっくにわかっていたことを、目の前に突き付けられたからだ。

私の乏《とぼ》しい想像力がこんなに美しい景色を生み出せるわけがない。だからこれは夢なんかじゃない。頬の痛みも華奢《きゃしゃ》な体の違和感も、どれも現実だ。

「……おかあさん」

最初に出たのは、とうの昔に亡くした母を呼ぶ声だった。

「……おとうさん」

会いたい。

「会いたいよぉ」

ぼろぼろと涙が落ちた。

内定ゼロでも、やりたいことが見つからなくても、膝が痛くても、もう二度と競技に復帰できなくても、自分で切った前髪が斜めでも、部屋が水浸しでも、推しが結婚するのも、全部ちゃんと受け止めるから、電器屋のマッサージチェアに戻りたい。

「帰りたいよぉ」

また情けない声が出た。鼻水も出た。

私の顔の横を吹き抜ける風は相変わらずビウウウという音を立てている。

「帰りたいよぉ」

涙で前が見えない。

ここはファレシュだ。日本から遠く離れた土地だ。おまけに、ラフィ王女が生きていたのは何百年も昔。帰る方法なんて見当もつかない。

――もう帰れないのかな。

そう思ったら立っていられなくなった。その場にしゃがみ込み、背中を丸めて泣いた。

一時間ほどそうしていただろうか。

朝を知らせる鐘の音がした。日本で聞き慣れたお寺の鐘の音よりも高く、カーン、カーン、という澄《す》んだ音が辺りに響く。

日に三度、朝食、昼食、夕食の時刻を知らせてくれるのだ。おかげで時計を持たずに出かけても、食事のタイミングだけは外さずに済む。ファレシュに住んでいた頃は毎朝この音で起きていた。

現代では塔の上に括《くく》り付けられた大型のスピーカーが大音量で録音を流していたけど、この時代だからスピーカーではないはずだ。昔は時守《ときもり》と呼ばれる人が毎日鐘をついていたと聞いたことがあるから、たぶんどこかに時守《ときもり》の塔があるのだろう。

鐘の音を聞いていたら、ファレシュに住んでいた頃の記憶がよみがえってきた。

砂漠を見ながら父と話したことがあった。

『お父さんはお母さんに、なんてプロポーズしたの？』

どうしてそんなことを聞いたのだったか。たぶん、そういうことを知りたがるお年頃だったのだと思う。父は少し照れながら、でも少しも嫌そうではなく、笑って答えてくれた。

『お父さんの苗字には水っていう漢字が入ってるよ、縁起がいいと思わない？　って。砂漠の国では水は貴重だからね』

『……ロマンのカケラもないね』

『でも、お母さんはうなずいてくれたよ』

『苗字に惹かれて？』

『さぁ。どうだったんだろうね。彼女の気持ちはわからないけど。あのいつもの顔で笑っていたよ』

父は亡くなった母のことをずっと想い続けていた。研究に没頭すると寝食を忘れ、時には私の世話も忘れかける父なのに、母が大切にしていた花に水をやるのだけは絶対に忘れない人だった。

『……いつもの顔っていうのがわかんない。お母さんのこと、あんまり覚えてないもん』

『そうか。樹は覚えてないか』

『写真もほとんどないし』

『写真が嫌いな人だったからね』

『どんな人だった？　私に似てたんでしょう？　ってことは、お母さんもラフィ王女に似てたの？』

『そうだね。初めて会ったときにそう思った』

『だから好きになったの？』

そう尋ねたときの父の表情はあまりよく覚えていないけど、苦笑していたような気がする。

『そんなことはないよ。話すきっかけだったのは確かだけど』

『そっか』

『あとはそうだなぁ、強い人だった』

『強い？』

『うん。お母さんの周囲はお父さんとの結婚に大反対だった。お父さんはよそ者だからね。でも、お母さんは自分の人生だから自分で決めるって力強く言い切ってくれた。流されるままに親の望む相手と結婚して、誰かの敷いたレールの上を歩くのなんかまっぴらごめんだって』

――あ。

カーン、とまたひとつ、高い音が響いた。

――そうだ。そうだった。

『樹にも、そんな風に強く、自らの力で地面に根を張る大樹のように逞《たくま》しく育ってほしくて、この名前にしたんだよ』

そうだった、そうだった、と、記憶の中の父の言葉を噛み締める。

私だって、このままあのヒゲオヤジの思惑通りにゲス婚約者と結婚なんて、絶対にごめんだ。だけど、張り手オジサンに正面から楯突《たてつ》いたら頬がいくつあっても足りないから、方法はひとつだ。

逃げるしかない。

――やったろうじゃん。見ててね、お母さん、お父さん。

澄《す》んだ空気を胸いっぱいに吸い込んで、深く吐き出した。

そうと決まれば、まずは作戦を立てるところからだ。両手をグンと持ち上げて伸びをしながら、気合を入れてくるりと振り向いた。

「ぎっ」

変な声が出た。いつの間にやら戸口に佇《たたず》んでいた人が、こちらをじっと見つめていたからだ。パンパンに膨らんでいた風船に穴が開いたときみたいに、気持ちが一気に萎《しぼ》むのがわかった。

「ムーア……」

腕を下ろして呼びかけると、視線の先で彼女がゆっくりと頭を下げた。大切そうに布のようなものを抱えている。赤ちゃんでも抱いているのかと思うほどの恭《うやうや》しさだ。

「おはようございます、ラフィ様」

「……いつからそこに？」

問いかけ、足の裏についた砂を払いながら部屋に入った。

「少し前から」

泣いているのを見られてしまったかな、と思ったけど、彼女は何も言わなかった。汗を拭くふりをしながら、頬に残っていた涙の粒をぬぐう。

「ええと……無口なお世話係の人が来るのかと思ってたけど」

「いつもはそうですが、今日は私が。宴《うたげ》の準備がございますので」

「そっか」

気まずくて、何を言えばいいのかわからない。黙っていると、彼女は持っていた布を掲げるようにして言った。

「お召し替えのお手伝いをしてもよろしいでしょうか」

「今から？　宴《うたげ》って夜じゃないの？」

「いいえ。お昼から始まります」

「そっか」

予想外だ。さすがに白昼堂々逃げ出すのは難易度が高いから、ここから逃げるなら夜だ。疑われないためには、その宴《うたげ》には出なくちゃならない。

ムーアは布を抱えたままゆっくりと近づいてくる。そして悲しそうな顔をした。

「その頬は……閣下が？」

「うん、サイードに叩かれた」

「お薬は塗られましたか？」

「もらったよ、不愛想な……名前も知らないや。お世話してくれる人から。緑色のやつ」

「そうですか。それは良かったです。その秘薬はとてもよく効きますので」

ムーアはそう言いながら、両手で持っていた布のようなものをはらりと広げた。光沢のあるなめらかな布地が静かなシャランという音を立てる。金色で薄く、柔らかそうな布だ。

「きれいな服だね」

「こちらは亡きお妃様もお召しになった、王家に伝わる婚礼の衣装です」

「お妃様って、ラフィ王女のお母さん？」

「ええ」

ムーアが私の背中に回り、服を後ろから肩にかけてくれる。私は言われるままに手を広げたり足を上げたりしながら、正面の鏡に映る自分の姿を見つめていた。鏡の中で、優美な金色の服がゆっくりと私の――いや、ラフィ王女の体を覆《おお》っていく。

薄い布地だと思ったそれは、身につけてみるととんでもなく重かった。たくさんの装飾が縫《ぬ》い込まれているせいだ。この時代だから、細かな刺繍《ししゅう》のひとつひとつが手作業で施《ほどこ》されているはず。この手のことに疎《うと》い私でも、庶民にはとても手の届かない品物だということはわかる。

四日前までなら、こんなにきれいな服を着られるなんて幸せだと小躍《こおど》りしたに違いないのに。今は気が重い。この状況のせいでもあるし、王家に伝わる衣装を他人の私が着ることへの申し訳なさのせいでもあった。

そんな思いも、布地が重ねられていくうちに別の感情に取って代わられる。

「あの……ムーア……？」

「はい」

「これ……着て歩くんだよね？」

「ええ」

「この間の婚約披露で着てた服より重いけど」

「そうですね」

「またコケたら、また叩かれるんだよね……？」

「……そう、かもしれません」

「ものすごく重いね」

「これとは別に、装飾品の類《たぐい》も身につけていただきます」

頭痛がしてきた。

「もうちょっと歩きやすい服は……」

「他にはご用意がございません」

「……ですよねェ」

スマホひとつで遠方からドレスを取り寄せられるような時代ではない。「これは嫌だから、別のを」と言ってすぐに用意できるはずもなかった。

「また転んだら、また叩かれるかな……」

ハァ、と思わずため息が出た。そんな私を気遣うように、ムーアが一度手を止めて顔を上げる。

「お召しになったあと、少し歩く練習をなさいますか？　王宮の西殿を歩くことは許されていますので」

「『許されている』？」

「はい。サイード様から許可されています」

「つまり……許可されてないこともあるってことだね？　たとえば？」

私の問いかけに、ムーアは少し考え込んだ。

「それ以外のほぼすべて、と申しましょうか」

「王宮の外に出る……とかも？」

「許されるはずがありません」

「王宮の西側限定なのはどうして？」

「東殿は王族の方々の居住区域となり、立ち入りが制限されています」

――ん？　王族？　それなら、ラフィ王女の部屋も東殿にあるべきなんじゃ……

「以前はラフィ様のお部屋も東殿にございましたが、サイード様が王宮に移り住まれたあとにこちらへ」

私が言いたいことに気づいたのだろう。ムーアはそう付け足した。

部屋が殺風景なのも納得だ。ここはもともと王族用に作られた部屋ではないってことだ。

「この西殿はなんのための建物なの？」

「使用人たちの住まいがございます」

つまり、王女は使用人と同じ場所で暮らしていたことになる。なんとなくわかっていたけど、王女の待遇は良くなかったらしい。

「ムーアもここに？」

「かつてはこちらに。今は王宮の外の街で暮らしております」

「サイードは王女を思い通りに動かしたかったんでしょ？　部屋も近いほうが監視しやすそうだけど」

「監視など不要と思われたのかと」

「王女は逃げたりしないって？」

「逃げれば、代わりに誰か他の者が罰せられることになりますので」

「……そっか」

知ったこっちゃない、という思いと、自分のせいで誰かが罰せられるとわかっていて逃げるのか、というふたつの思いが自分の中でせめぎ合う。

王女に対して躊躇なく平手打ちをかましてくるようなオジサンだ。他の人への罰はもっとひどいに違いない。そんな状況で私は今夜逃げ出そうとしているのだから、胸が痛む。

襟元《えりもと》を整えていたムーアの手が首筋に触れた。すると、何やらもやもやとした映像が見えた。今私が着ているのと同じドレスを着た別の女性だ。私よりも歳は若く見える。

——あ、これ、この間の。

婚約披露の日にサイードに叩かれたときと同じだった。目の前の実際の景色とは混ざり合わずに、別のものとして見えている。まるでもうひとつ目を持ったみたいだ。

ムーアの様子が変わらないところを見ると、彼女には見えていないらしい。幻覚なのだろうか。頭がおかしいと思われるんじゃ、という不安はあった。でも、すでに相当おかしい状況だし、と思い直す。

「あの……ひとつ聞いてもいいかな？」

「なんでしょう」

ムーアは手を止めずに言った。

「頭の中に何か変なものが浮かぶんだけど、これ、何かわかる？」

ムーアの手が止まる。

「変なもの、とおっしゃいますと？」

「あのオジサン……サイードに叩かれたときもだし、今あなたに触られたときも、何か見えたの」

ムーアはしばらく迷っているようだった。口を開いたり閉じたり。

彼女が口を開くたびに何か決定的なことを聞けるのではと期待して、口を閉じるたびに落胆する。そろそろ疲れてきた頃に、ようやくムーアが言った。

「あなたに隠しても仕方ないですから、お話ししなくてはならないのでしょうね……」

そう言いながら部屋の扉を開け、キョロキョロと外を確認している。

人がいないことを確かめたらしい。

傍に戻ってくると、彼女は小声で囁《ささや》くように言った。

「これからお話しすることを、決して口外しないと誓っていただけますか？」

どうやらヤバイ話らしい。小学生の頃の「内緒だよ？」は大抵三日後にはクラスの皆が知っていたけど、ムーアの表情からして今回は本気のそれだ。

「……誓う」

そう言うと、ムーアは一度大きく息を吸った。そして、一気に吐き出しながら言う。

「ラフィ王女は『竜の子』でした」

「王女が……竜？」

先日の石ころ——竜の涙とやらに引き続き、またしても竜。正直もうお腹いっぱいだ。

「ファレシュ人には竜の血が流れていると言われています」

そりゃまたファンタジーな、という言葉は呑み込んだ。続きを早く聞きたかったからだ。

「太古の昔、私たちの祖先は、ここよりずっと東の国で暮らしていました。あるとき騙されてその地を追われ、生きる場所を求めて何年もさまよい、砂漠深いこの地に辿り着きました。けれどそこには、砂漠に巣食う竜がいたのです」

——あ。

「そのお話……知っているかも。『砂漠の花嫁』っていうやつ？」

ムーアの目が大きく開かれた。

「ええ。ご存じなのですか。どうして」

「母がファレシュ人で、話してくれたのを覚えてる」

『砂漠の花嫁』は日本で言う『桃太郎』みたいなもので、ファレシュの子供なら誰でも一度は聞いたことのある物語だ。地域や語り部によって多少の差はあれど大筋は同じで、桃太郎に「なんで桃に入って流れてきたんだ」だの「なんで桃が流れる音が『どんぶらこ』なんだ」だのとツッコまないのと同じに、この物語にリアリティを求める人はいない。

「花嫁が立候補する話だよね？」

ムーアは「ええ」とうなずき、相変わらず手を動かしながら、流れるように語りを続けた。

「何年も続いた放浪生活と砂漠の渇きに苦しめられた人々には、竜と戦う力は残っていませんでした。くたびれた姿の人間たちを憐《あわ》れんでか、面白がってか、竜はひとつの提案を持ちかけました。『若い女をひとり花嫁に寄越せ。そうすれば安全なオアシスへと案内してやろう』と。皆が言葉を失い顔を見合わせる中、人垣を割ってひとりの娘が歩み出ました。娘の細い体は震えていました。娘は『家族と仲間を救えるならば、喜んであなたの花嫁となりましょう』と。竜は娘の気高さに心打たれ、花嫁を生涯大切にしました」

「うん、そうだったね。そんな話だった」

「お話には続きが」

「そうなの？　続きは知らないや。どんな？」

「竜と花嫁の間には何人もの子供が生まれ、その子供たちがファレシュの国を作りました。今も時折、竜の血が強く出る者がおり、そういう人々は『竜の子』と呼ばれます。ある者には、はるか未来を見通す力が。ある者には、癒しの力が。またある者には、人の心を見通す力が授けられます」

「なるほど。王女もその力を持っていた、と」

「はい。人の心を見通す力が」

「人の心を見通す……」

ふぅ、と短く息を吐いた。なるほど、考えていることが「見える」わけだ。

私は超能力の類《たぐい》はあんまり信じていなくて、映画や漫画の世界の話として楽しんでいた。でも自分がその力を持ち、こうして体験してしまっては、信じないわけにはいかない。

「『竜の子』っていうのは、たくさんいるの？」

「いいえ、とても少なく……その時代にひとりかふたり、力を持つ子が生まれると言われています。私はラフィ様以外にお会いしたことはありません」

「そっか……」

それ以外の言葉が見つからない。

ムーアは私の足元にしゃがみ込んで裾《すそ》を整え、最後に鏡を覗いた。そして微笑む。

「完璧です」

黒く豊かな髪、金色に輝く柔らかな衣装、窓から差し込む朝日。鏡に映り込む世界は、確かに完壁な美しさだった。

「私が王女じゃないってことを除けば、ね」

そう言うと、鏡の中で自分の肩越しに見えるムーアの表情が悲しそうに歪んだ。

「……ごめん」

ムーアは弱々しく首を横に振る。

「あの、色々、教えてくれる？　王女のこと。私ができるだけボロを出さないように」

「はい。きっと……見ていただいたほうが早いかと」

手を差し出された。よく日に焼けるからだろうか、シミがあちこちに浮いている。

その手にそっと自分の——王女の華奢《きゃしゃ》な手を重ねた。その瞬間、映像が流れ込んでくる。ドラマの回想シーンみたいだ。ふわふわと映像が浮かんでは消え、浮かんでは消える。音はない。

幼い少女が白い歯を見せて笑っている。ラフィ王女だ。そんな場面が見えたかと思うと、ふいと消えて、違う場面が現れる。今度は大人の男性に飛びついている。たぶん彼女の父である国王だろう。それも消え、庭の噴水で水浴びをする姿が見えた。幸せそうだ。

少女はだんだんと成長していった。砂漠を駆け抜け、振り返って眩しそうに目を細め、ラクダや馬を乗りこなし、兄らしき少年とじゃれ合っている。

そしてあるときから、少女はベールを纏《まと》うようになった。

「顔の布って、子供の頃はかぶらないの？」

ムーアの手に触れたまま問いかけた。

「ええ。子供時代を終え、王族の女性として扱われるようになった証《あかし》です。高貴な未婚女性は家族以外に顔を見せてはならないことになっていますので」

「『未婚女性』ってことは、結婚したら顔を見せてもいいってことだよね」

「はい。外に出るときは日よけのために頭にベールをかぶることがほとんどですが、顔全体を覆《おお》う必要はなくなります」

「なるほど」

ベールから覗く王女の目は、子供の頃と変わらずいつも笑っている。だけど、次の場面でその目が急に笑みを失った。代わりに大粒の涙がこぼれ落ちて布の中に消えていく。ふたつ並んだ棺《ひつぎ》に縋《すが》りついて泣いていた。

「王と王妃が……亡くなったんだよね？」

詳しくは覚えていないけど、たしか父がそんなことを言っていたような気がする。

「ええ。大きな砂嵐で」

ムーアは辛そうな顔をした。その顔に覆《おお》いかぶさるように、別の映像が見えた。

——また棺《ひつぎ》だ。

王女はひとつの棺《ひつぎ》の前に立ち尽くしている。

「これは……棺《ひつぎ》がひとつだけあるのは、誰の？」

「ラフィ様のお兄様——王太子様です」

「ラフィ王女のお兄さんってことは、まだ若かったんじゃ？　どうして……」

「不幸な事故でした。とても仲の良いご兄妹でしたし、ご両親を亡くされて間もないことでしたから、ラフィ様にはとても辛い出来事だったに違いありません」

顔が似ているというだけで自分とは関係のない遠い人だと思っていたから、父の話を聞いて「お父さんとお母さんをいっぺんに亡くすなんて、気の毒に」と同情することはあっても、彼女の人生のその後を考えたことはなかった。

けれどムーアの記憶の中の王女は生きていて、傷つき、悲しみ、苦しんでいる。歴史の一ページではなくて、ひとりの人の人生だ。それをまざまざと見せつけられたような気がした。

胸が痛い。

次に浮かんだのは、何か焼け焦げたものを抱えて泣きじゃくる王女だった。さっきから、苦しい表情ばかりだ。

「これは……何が焼けたの?」

「ラフィ様が大切にしておられた本です。生前にお父君から贈られた、王族の心得や権力の在り方を示したものでしたが……サイード様が……」

「え、ちょっと待って。本を燃やしたの?」

「はい。他の多くの書物と共に」

「嘘でしょ……」

曲がりなりにも歴史学者の娘なので、書物が後世に伝えてくれる情報のありがたみくらいはわかる。叡智《えいち》の結晶であるそれを燃やす統治者は、まともじゃないってことも。

ムカムカしてムーアの手を離すと、頭の中の映像も消えた。

荒く鼻息を吐き出し、なんとか苛立ちを追い払う。

「……王太子だったお兄さんが亡くなったってことは、王女が次の王になるの？」

そう問いかけると、ムーアは首を横に振った。

「王位に就くのは男性のみです。ラフィ王女の結婚相手が王位を継ぐことになります」

そっか、男の人だけか、と複雑な気持ちになりながら、さらに問う。

「サイードは？　王女の叔父さんなんでしょう。王位を継がないの？」

「サイード様は亡くなった王妃の弟君に当たります。ですから王位継承権はありません。王と王妃、王太子が亡くなられたために、王女の後見人となり摂政《せっしょう》の座に就かれましたが、王女が成長なさってご結婚されるまでの臨時の任となります」

「ふうん、臨時の。にしてはかなり偉そうだったね」

かなり、を相当強調した私のつぶやきに、返事はなかった。返事の代わりにムーアがごくりと唾《つば》を呑んだので、ヤバイことを言ったんだなとわかった。

「王女が結婚するまでの臨時の役なら、サイード的には王女が結婚しないほうがいいんじゃない？　そのほうがより長い間、自分が権力の座にいられるわけだから。それにしては、この結婚を進めたそうに見えたけど」

「サイード様も決して積極的にラフィ様を結婚させようとなさっていたわけではありません。ただ、ラフィ様のご年齢からすれば、もうご結婚なさっていてもおかしくありませんので、方々からそうしたお話があったようで」

「縁談、ってこと？」

「ええ、その通りです。ラフィ王女の結婚相手はファレシュの王となられるわけですから、周辺国の王族にとっては願ってもない好機です。けれどサイード様が簡単に今の権力を手放されるはずはなく、ご自身にとって望ましい、つまり従順な人間をラフィ様のお相手にとお選びになったのです」

「そもそも、なんでサイードが相手を選ぶの？」

「国王陛下と王太子殿下がお亡くなりになった以上、ラフィ様のご結婚の承諾は叔父であるサイード様の専権事項ですから」

「つまり王女の意志は関係ない、と」

「はい」

まるでそれが当たり前って感じにムーアはうなずいた。

現代ですら父権の強いファレシュで、この時代、しかも王族ともなれば、自分の意志で結婚相手を決めるというわけにはいかないということか。

古臭くってイライラする。実際ここは数百年前の時代だからしょうがないのかもしれないけど。

「……それでサイードに選ばれたのが、あのカリムってわけね？」

「はい」

うなずいたムーアの表情は険しかった。

「もとはサイード様の護衛をしていた方です。それが閣下に気に入られて、ラフィ様の婚約者にと」

「昨日の様子だと、国の人たちからは歓迎されてる感じだったよね。大歓声だったし」

あと声はいいよね、声は。

ムーアはうなずかず、静かにつぶやいた。

「ええ。民の人気は高いのではと思います」

奥歯にものがさまったような物言いだ。

ムーアの顔を覗き込みながら、「……でも？」と問いかける。彼女は唇を噛み、決心したように小さなため息をついた。そして、小さな声で言う。

「カリム様ご自身というよりは、砂漠の民の人気や信頼が高いのです。ファレシュの今の繁栄は砂漠の民の貢献によるところが大きいですし、砂漠の男は気高く公平な心の持ち主だと言われているので」

「そっか。ファレシュ人と砂漠の民はルーツが違うんだよね？」

「ええ。ファレシュ人の先祖がこの地へ移り住むずっと以前から、砂漠の民は遊牧生活を営《いとな》んでいました。受け継がれてきた知恵と伝統を重んじ、自然と共に生きる人々です」

ふむふむ、とうなずいて話の続きを促す。

「長く国王が不在だったため、新たな王の誕生で国が安定することを望む声も高いとか。国民は概《おおむ》ね新しい王となる人――カリム様を歓迎しているようですが」

「が……？」

「私からは、これ以上は」

「あの人も、サイードと似たり寄ったりって感じだよね」

ムーアがうなずく。

「あのお方は貢《みつ》ぎ物で閣下に取り入ったと聞きます。宝石、ラクダ、珍しいお茶の葉に……砂漠一速い馬も」

「……そっか」

貢《みつ》ぎ物で権力者に取り入るなんて、時代劇に登場する悪い奴の定石《じょうせき》だ。「御代官様も人が悪い」とか言いながら、小判の詰まった箱を差し出すあれ。

「ラフィ王女はこの結婚をどう思ってたの？」

「ご婚約が決まったときには、私はもうお傍を離れておりましたので、詳しいことは存じません」

「どうして傍を離れたの？　喧嘩？」

「いいえ。まさか、喧嘩など。ラフィ様から辞めるようにと命じられたのです」

「どうして？」

「私にはわかりかねます」

「推測でもいいから」

ムーアの目が潤んだ。

「サイード様が摂政《せっしょう》になられてから、王に忠実だった優秀な臣下たちは次々に地位を追われました。

それにとどまらず、中には……」

ムーアはそれ以上言わなかった。さすがの私にも、その先に続く言葉はわかった。地位を追われるだけでなく、命を奪われた人もいたのだろう。

「王女はあなたを守ろうとしたってこと？」

「……推測ですが」

ムーアは早口でそう言って、鏡台の引き出しを開けて小瓶を取り出した。黒い液体が入っている。細い筆を取り出したのを見て、それが何かわかった。化粧品だ。

目を閉じてください、と言われ、大人しく従う。

あの極太のアイラインを引かれるらしい。ムーアの手が瞼《まぶた》に触れた瞬間に、背中を向けた王女の姿が見えた。幾重にも巻かれた布のせいではっきりとはわからないけど、華奢《きゃしゃ》な肩が震えているような気がする。

私まで涙が出そうになった。ずっと近くにいたムーアに「傍を離れるように」と告げるとき、ラフィ王女は一体どんな気持ちだったんだろう。よほどの覚悟と優しさがないとできないことだ。

瞼《まぶた》が震えたせいだろう。ムーアの手が離れた。

「……どうなさったのですか」

「ごめん、ラフィ王女のこと考えてたら」

目を閉じたままそう答えると、そうですか、と小さな声が聞こえた。

筆は瞼《まぶた》の上を三往復ほどして止まった。目を開ける。複雑な表情のムーアは、少し迷ったように瞳を揺らしてから静かに言った。

「『ラフィ様のお傍にいます』と何度もお伝えしましたが、ラフィ様のご意志は固く」

そう言ってから、いいえ、とムーアは小さく首を横に振った。

「いいえ、違います。そうではなく、私も……私も、家族に累《るい》が及ぶのを恐れて」

「そっか。まぁ、仕方ないよね。家族は大事だもん」

仕方ないけど、王女のことを考えると胸が痛んだ。

仲の良かった家族をいっぺんに亡くし、唯一残った親族はあのサイードで、親しい人たちはどんどんいなくなっていって、勝手に結婚相手を決められて、着飾った姿で鏡台の前に座らされていた。

それがどんな気持ちか、想像することすら難しい。

「この力のことは、皆知ってるの？」

「いいえ。ご家族と私しか」

「その『家族』に、サイードは入ってないよね？」

ベール越しにムーアの表情を見て、「馬鹿なことを聞いた」と思った。ムーアも「馬鹿なことを聞くな」と思ったのだろうけど、私がしょんぼりしたのを見てか、表情を優しく和《やわ》らげる。

「王女に限らず、『竜の子』は力を隠すものです」

「どうして？」

「その力を悪用しようという者に狙われるからです。歴史上も、何度も不幸な事件が起きてきました。ですからあなたも、どうか力のことはご内密に」

「わかった」

「くれぐれもお気をつけください」

ムーアはもともと小さな声をさらに落として続けた。耳を近づけなければ聞き取れないくらいだ。

「あなたが本物のラフィ様でないことがサイード様やカリム様に知れたら、どんなことになるか。いえ、体は間違いなく王女ですから、『本物でない』と言って良いのかはわかりませんが。サイード様にとって都合の悪い人が、この数年で何人も姿を消しています」

「ヤバイじゃん」

「そして、そのすべてにあのカリム様が関わっていると言われています」

「だいぶヤバイじゃん」

姿を消した人たちが、穏やかに国を去ったのでないことは明らかだ。

「そういえば、この間『片づけた』ってカリムが。それも、かな」

ムーアは「さもありなん」って感じの顔でうなずいた。

「どうかお気をつけください」

――いや気をつけるって、何に？　どうやって？

そう思ったけど、きっとムーアだってわからないだろうから、尋ねるのはやめておいた。

とりあえずわかったのは、周囲は危険人物ばかりということだ。危なすぎる。絶対にここを去らねばだ。

「今日の宴《うたげ》は何時頃に終わるの？」

「月が空高く上る頃です」

ロマンチックな表現だけど、わかりづらい。真夜中ということか。

夜中なら逃げるには都合が良さそうだな、食料をなんとか確保できれば……などと考えていたら、ムーアが探るような視線を寄越した。

「どうして終わる時間を気にされるのです……？」

答えられなかった。

でも、ムーアには私の考えていることが伝わったらしい。何か言いたげに口を薄く開いている。が、言葉が見つからなかったのか、そのまま口を閉じてゴクリと唾《つば》を呑んだ。

しばらく黙って見つめ合ったあと、彼女は改めて口を開いた。

「まもなく宴《うたげ》のお時間です。歩く練習もされたいとのことでしたので、ゆっくり歩いて控え室に向かいましょう」

導かれるまま、彼女のあとについて廊下に出た。すっかり高くなった日が部屋に差し込んでいる。腹が立つくらいにいい天気だ。

長い廊下を歩きながら、ふと気になったことを尋ねてみることにした。

「あのさ、ムーア？」

ムーアは振り向かず「なんでしょうか」と答えた。

「あそこの扉の向こうって何があるの？」

そう言って大きな両開きの扉を指さした。木の扉だけど、なんだか仰々《ぎょうぎょう》しい飾りがたくさんついていて、他の扉とは雰囲気が違う。それに、扉の前に見張りらしき兵までいる。宝物でもしまってありそうだ。

ムーアは「ああ、それでしたら」と答えた。

「『春の庭』と呼ばれております。昔、王の寵愛《ちょうあい》を受けた女性たちが住んでいたところです」

「あ、ハレムってこと？　そっか、ファレシュは一夫多妻だもんね」

そんなファレシュでも現代ではほとんどの家庭が一夫一妻だけど、稀《まれ》にたくさん奥さんのいる大富豪もいた。日本人の私からするとハレンチなこの制度も、戦争で婚約者や夫を亡くした女性を家族ごと引き受けたり、貧しい女性たちを貧困から救う最も簡易な手段だったりと、それなりに重要な役割があるらしい。

「春の庭は先代の王――王女のお父上の代に閉じられ、それ以来使われておりません。立ち入ることも禁じられています」

「そっか。それであんなに物々しい空気なんだね。見張りまで置いて」

「はい」

「禁止って言われると、逆に入りたくなっちゃわない？」

ワクワクしながらそう問いかけたら、冷たい視線が返ってきた。

「やめておかれたほうがよろしいかと。夜中に井戸から人が這《は》い出てきたのを見た、と言う者も」

夜中に井戸から人。井戸といえば怪談話の宝石箱だ。

「……絶対に近づかないようにする……」

ホラーとオカルトは大の苦手だ。推しが吹き替えを担当したからという理由で苦手なホラー映画を観たあと、ひとりでトイレに行けずお風呂にも入れなくなった時期があった。

今夜の逃走経路からこの場所だけは除外せねばと心に誓いながら、歩みを進める。

ときどき気になったことをムーアに質問しながら「許可されている場所」だけを歩いて控え室に向かった。

「あなたはきっと、ラフィ様を救ってくださったと思います」

控え室を去る直前に、ムーアはそう言った。

――私はただ逃げ出したかっただけで、誰かを救おうなんて、これっぽっちも思ってなかったのに。

そして今も、ここから逃げ出そうとしている。

宴《うたげ》に連れていかれる間中、ずっとそのことを考えていた。


昼過ぎに始まった宴《うたげ》は豪華だった。

豪華。それ以外にこの状況を言い表す言葉が見つからない。

大広間なのだろう。巨大な空間に大勢の人が詰め込まれている。深い赤地に金模様の入った幕が天井から幾重にも垂れ下がり、会場にずらりと並んだ円卓の上には美味しそうな料理が所狭しと並べられている。

ラフィ王女の婚約披露のはずなのに、一番目立つ場所にデーンと座っているのはサイードだ。その隣にカリム。

私は会場の隅《すみ》っこに設《もう》けられた小さなスペースの中に押し込まれている。壁から半円状に張り出した空間は、まるでオペラ劇場のボックス席みたいだ。

――まぁ、目立つ場所で粗相《そそう》して正体がバレるよりはいいけど。

そんなことを思いつつぼんやりと会場を見ていたら、すぐ脇から「王女」と声がかかった。ベールのせいで死角になっていたので接近に気づかず、驚いてビクッとしながらそちらを見ると、ゲス婚約者カリムが立っていた。

相変わらず推し似のきれいな声だ。声だけはね。いや、顔もか。

「お水を」

短い推しの声と共に差し出された金ぴかのゴブレットを見、それからカリムを見る。

飲まず食わずで数時間過ごしていたのでありがたいが、怪しいことこの上ない。親切心から出た行動とはとても思えないし、毒でも盛られているんじゃないかと勘繰ってしまう。それとも「婚約披露の宴《うたげ》の席で男から女へ水を渡す」というしきたりでもあるのだろうか。

「王女？」

ぐい、とゴブレットを押し付けるように差し出され、仕方なく手を伸ばす。ワイングラスみたいに細くなっている脚に指をかけた瞬間、頭に知らない映像が割り込んできた。

――顔だ。それも、女性の。

きれいな人だ。彫りが深く、濃いまつ毛が目を縁《ふち》どっている。そして瞳が不思議な色をしている。

厚い雲のかかった夜の空みたいだ。

映像の女性は泣いていた。ボロボロと大粒の涙を流しながら取り縋《すが》ってくる。その頬には叩かれたような傷があった。ちょうど、今の私みたいだ。

絶望の混じった表情に胸が痛む。

女性は髪を振り乱し、口をパクパクさせて何かを必死に訴えているけど、声は聞こえない。泣きながらこちらに手を伸ばすと、最後に一度何かを叫び、そして消えた。

消えた瞬間に、手元のゴブレットが危なっかしく揺れる。

「……失礼」

カリムがゴブレットから手を離し、ふぅ、と小さく息をついた。

受け取るときにうっかりカリムの指に触れてしまったらしい。つまり、今のはカリムの心の中に浮かんでいたもの、ということだ。

私が何も言えずにいると、カリムは踵《きびす》を返して足早に立ち去った。

——ふうん、泣きながら取り縋《すが》る女性、ねぇ。それも、婚約披露の宴《うたげ》の最中に。

目がチカチカするくらい豪華な会場を見渡しながら、最低、という言葉が頭の中を埋め尽くしていた。水はもちろん飲まなかった。

とりあえず、逃げる

祝宴はサイードにどやされることもなく無事に終わり、退席するときに食べ物をいくらかくすねて王女の部屋に戻ってきた。相変わらず一言も発しないお世話係の女性に着替えと化粧落としを手伝ってもらい、彼女が部屋から出るのを待って、ドでかいため息をつく。

ハァァァァアアアアアア。

肺ごと吐き出すんじゃないかってくらい大きいのが出た。

「よぉし。務めは果たした。逃げる」

ここにいたら結婚させられる。しかも婚約者はサイードとゲスい会話をするような悪人で、婚約祝いの席で別の女性の――たぶん別れ際の――泣き顔を思い浮かべるようなヤバイ人だ。

無理。絶対に無理。残る理由が見当たらない。

決行は今夜に決めた。王宮に大勢の人が集まっているので、どさくさに紛れて王宮を抜け出せそうだと思ったからだ。

そうと決まれば直ちに行動開始だ。

部屋のバルコニーから見渡せる範囲で王宮と街を観察し、逃走経路を練る。

都会の街灯とは比ぶべくもないけど、満天の星のおかげでうっすらと夜半の街が見える。バルコニーの手すりを越えて下の階の屋根に降りられれば、そのまま屋根伝いに王宮を囲む塀《へい》まで行けそうだ。体操のおかげで身軽さには自信がある。元の体なら、の話だけど。

門を出て街を抜けた先に、砂漠に続く交易路がある。交易路は都市と都市を結んでいて、日中には多くの商人が行き交う。なんとか見つからずに夜を越して彼らの一行に紛れ込めば、どこかの都市に辿り着けるはずだ。

——経路はオッケー。あとは持ち物か。

食料の確保は済んでいる。

「それから、と。変装しなきゃ」

さすがに今の下着——ババシャツ、ステテコみたいな——姿で廊下に出るわけにはいかない。それに若い女性のそぞろ歩きが許される時代でもなさそうなので、男装することにする。

「ごめんね、ちょっと失礼します。ほんとごめんね」

ひとりで王女に謝りながら部屋の衣装箱を開け、できるだけ質素な服を探そうと布をかき分けた。と、何か固いものが指先に触れる。薄い布を何枚かめくると、その固いものが姿を現した。

「本……？」

布をかき分けて取り出すと、やはり革表紙の分厚い本だった。衣装箱の底に隠されていたくらいだから、王女の大切なものだろう。中身は気になったけど、読んでいる時間はないので、また衣装箱の底にしまい込んでおいた。

それより今は服だ、服。

王宮ですれ違う人を観察した限り、この時代も現代のファレシュも、服装に大きな違いはないようだ。

男女どちらも前ボタンのシャツワンピースみたいな服を着ている。服の丈は足首まであり、袖は長袖、襟元《えりもと》はスタンドカラーだ。そしてワンピースの下にズボンを穿《は》く。肌をあまり露出しないのは、砂漠の強い日差しから肌を守るためらしい。女性はその格好にベールを巻いてアクセサリーをつけ、男性はターバンを巻く。

掘り出したシンプルな服を着てから、男性がするように髪を後ろで無造作に束ね、こちらも衣装箱から拝借した布をねじって頭に巻きつける。それからフード付きのマントを羽織って鏡台の前に立った。

――うん、これなら大丈夫そう。

王女は華奢《きゃしゃ》で胸もないので――いや、元の体でも胸はなかったけど――化粧を落として男性の格好をすれば、十代の少年のように見える。

それから替えの下着と服をひと揃《そろ》いまとめ、ベッドのシーツの上に載せた。キャンディみたいにくるんと折り込んで服を包み、背中に背負ってシーツの両端を体の前で結ぶ。大きい風呂敷包みみたいなものだ。くすねてきた食料は、衣装箱の中にあった小さな巾着袋に入れて腰から下げた。

鏡の中の姿をもう一度チェックする。かなりいい。ファレシュの街でよく見かけた、どこにでもいる人って感じだ。これならきっと溶け込める。

食べ物、服、そして――

「お金……」

いるかな？

いるよね？

絶対にいるね。

隊商《キャラバン》に紛れ込むにはお金が必要だ。「詳しいことは聞かず、次の都市までタダで相乗りさせてください」なんてお願いをホイホイ聞いてくれる商人はいない。でも、「大金を払うから詳しいことは聞かず、ラクダに乗せてください」なら、きっと聞いてくれるはずだ。

「ラフィ王女、本当にごめん」

王女に懺悔《ざんげ》しながら、お金、もしくは物々交換をするときに価値の高そうなものを探して部屋を漁る。背中の風呂敷包みも相まって、コソ泥にでもなった気分だ。

しばらくあちこちを探し回り、いくつか見つかった宝飾品の類《たぐい》を巾着に入れた。

中指にはめていた王女の指輪も外し、こちらは鎖を通して首から下げる。命の危険を感じたときに、この指輪を印籠《いんろう》みたいに差し出せばなんとか助けてもらえるだろうと思ったからだ。

入念に準備体操をしてからバルコニーに出て、手すりを乗り越えた。まだ他人様の体を借りている感じだけど、昼間に歩く練習をしたおかげでだいぶ馴染《なじ》んできた。それに膝が痛くないのはいい。

屋根の上を忍者よろしくそそくさと走ると、門が見えてきた。周囲に人がいないのを確認し、屋根から小道に降りる。着地したときに想定より大きな音がしたけど、幸いにも誰にも見つからずに済んだ。

そこから王宮を出るのは案外簡単だった。宴《うたげ》が終わって王宮から帰る人の波に紛れて何食わぬ顔で門を出たら、見向きもされなかった。変装のおかげもあるのだろうけど、たぶん侵入者を防ぐほうに重きを置いていて、抜け出す人を防ぐのはあまり想定していないのだろう。

それでもやはり門から離れるまでは緊張した。背中をじっと見られているような気がしてしまって、怪しまれないように、でも早く門から離れたくて、走り出しそうになるのを堪《こら》えた。

ようやく門が見えなくなるくらいに離れ、安堵《あんど》の息をつく。

夜は肌にシンと来る寒さだ。

バルコニーから見下ろした風景を思い返しながら慎重に進んでいたが、歩けども歩けども目的の交易路に行きつかない。

——おかしいな、間違えたかな。方向は合ってるはずなんだけど。少し戻ったほうがいいかな。

そう思いつつも、諦めきれずに小さな横道に入る。そしてすぐに道を間違ったことに気づいた。通り全体が暗い。

星明かりを頼りに辺りを見渡すと、どうやら貧しい地区のようだった。

崩れかけた家が立ち並んでいる。屋根は布でできているようだ。窓もドアも見るからに雑な造りだから、隙間から砂が入り放題だろう。一本横道に入っただけなのに、街の雰囲気がまるで違っている。

元の道に戻ろうと踵《きびす》を返しかけて、少し先の道の脇に痩《や》せた子供が座り込んでいるのが目に入った。鶏ガラみたいに腕が細く、身につけているのは服というより布切れだ。あの細さにあの格好では、夜の寒さがどんなにかこたえるだろう。

「あのぅ」

放っておけず、近づいて声をかけた。少年がこちらを見上げる。黒く澄《す》んだきれいな瞳だ。

「なに？」

背負っていたシーツをほどいて、マントを脱いだ。

「これ、いる？」

少年はきょとんとした表情でこちらを見上げている。

「あげる。羽織って。冷えるでしょ。昼には日よけにもなるし」

細く骨ばった手がこちらに伸ばされる。腕を持ち上げる動作がゆっくりしているのは、お腹が空いて元気がないからだろうか。胸が痛くなりながらそれを手渡す。

少年は渡したマントを着ていた服の上から羽織り、肩を丸めた。そしてほぅ、と息を吐き出す。

「すごいや、柔らかい布だね。あったかい。ありがとう」

かさついた声でお礼を言われた。

この場所へ来て初めて「ありがとう」と言われた。そんなことが、こんなにも嬉しい。

嬉しくてこそばゆい気持ちになっていたら、急に自分のお腹がぐぅと音を立てた。宴《うたげ》の間飲まず食わずだったので、お腹が空いてしまったらしい。

「お兄ちゃんもお腹空いてるの？」

——お兄ちゃん、とな。良かった。変装はうまくいっているらしい。

「そうみたい」

そう答えると、少年は憂鬱《ゆううつ》な表情でつぶやいた。

「僕と同じだ」

「あの……これ、少ししかないけど、食べる？」

食料を入れた巾着袋から乾燥した実をいくつか取り出す。宴《うたげ》の席で供された料理の中で、ほぼ唯一正体のわかる食べ物だった。

「あ……デーツだ！」

少年の瞳が輝いた。

デーツはナツメヤシという木になる果実だ。木についたまま乾燥してドライフルーツのようになる不思議な実で、ファレシュにいた頃によく食べていた。見た目はプルーン、味は干し柿に似ている。栄養価が高くて美味しいけれど糖度も高いので、体操を始めてからは体作りのために口にしなくなった。食べるのは十数年ぶりだ。

少年に渡し、自分もひとつかじる。甘い。

「ごめんね、少ししかなくて」

モッチャリと歯に絡みついてくる甘みを噛み締めながら言うと、少年は首を横に振った。

「ううん、ありがとう。お兄ちゃんはこんなとこで何してるの？」

「道に迷っちゃって」

「案内しようか？」

「砂漠に抜ける道を探してるんだけど」

「砂漠に行くの？　こんな時刻に？」

「うん、まぁね。交易路に出たくて」

「交易路なら、この道をまっすぐ行って、突き当たりを左だよ。それからふたつ目の道を右。そこを道なりに進めば、砂漠に続く門がある」

まっすぐ行って、突き当たりを左、ふたつ目を右、道なり。

何度か復唱して頭に刻み込んでから、少年に礼を言う。

「ありがとう」

「デーツとこれのお礼だよ」

少年の華奢《きゃしゃ》な手がマントの裾《すそ》を握っている。

荷物を持って少年に別れを告げようとしたら、少し離れた場所から低い声が聞こえてきた。大人の男性の声だ。身構えて声のしたほうを見つめていたら、暗闇に、火がふたつゆらゆらと現れた。

――大人がふたり。まずい。

慌てて顔をそむける。

――逃げなきゃ。

怪しまれて色々と尋ねられたりしたら厄介だ。

じりじりと後ろに下がり、くるりと体を反転させた。そして人影とは反対側に向かって歩き出す。

急いでいるのに、思うように足が出ない。焦っているせいもあるし、王女が華奢《きゃしゃ》すぎて筋肉が足りないせいもある。お尻とふくらはぎに、すでに相当の疲労を感じている。

少年に教えられた通りにまっすぐ歩き、左へ曲がった。元の表通りへ出たのか、街の明かりのおかげで少し視界が良くなる。しばらく黙々と歩き、足音が追ってきていないのを確認してホッと胸を撫《な》で下ろした。

急いでいたせいで服を包んでいたシーツがほどけかけている。月明かりの下でゴソゴソと荷物を整え、背負い直した。

「……あれ？」

腰をポンポンと触る。

「あれ？」

もう一度触る。

――ない。

心臓がバックン、と嫌な揺れ方をした。

「嘘、嘘、嘘でしょ」

何度触っても、ない。宝飾品を入れていた布袋がない。手に持っていた食料の袋しかない。慌ててシーツをほどき、服を探る。やはりない。

「もしかして、落とした……？」

自分のポンコツぶりに泣きたくなった。

落としたとすれば、座ったときだろう。男の子と話した場所に戻らないと。

先ほど足早に歩いてきた道を逆からトボトボと辿る。

「あれ……もういない、かな」

遠目には少年の姿はない。目印のない道端だから正確な位置はわからないものの、この辺りで間違いないはずだ。月明かりの中で目を凝《こ》らして一帯を探し回ったけれど、布袋は見つからない。絶望。

「未だかつて……こんなに間抜けな主人公がいただろうか……」

かっこいい逃亡劇になるかと思ったのに、出だしから大チョンボだ。

「どうするよ……」

なんだかうっすらと覚えのある絶望感だった。

そうだ、水浸しの部屋で目覚めた朝みたいな。こんなところまでハードモードの人生が追いかけてくるなんて、私は本当に呪われているんじゃなかろうか。

このまま夜が明けて、街から出ることもできないまま誰かに見つかって王宮に連れ戻されでもしたら、サイードにどんな目に遭わされるかわからない。さりとて、夜の砂漠に飛び出す暴挙に出るわけにもいかない。目印のない砂漠を道案内なしで歩いたりしたら、一日もせず遭難してしまう。

――いったん王宮に戻るしかないかな。

急いで戻れば、もう一度金目の物を持ち出せるかもしれない。いやでも、どうやって王宮に入ればいいんだろう。出てくるときは戻ることなんてこれっぽっちも考えていなかったので、何も用意がない。こんな初《しょ》っ端《ぱな》から王女の指輪を使うわけにもいかない。

これが映画なら、壁をよじ登るか、爆発で門番の気を引いて隙をつくか、誰か王宮に堂々と入れる人に変装するかの三択か。

どれも実現可能性が低すぎて絶望を深めていたら、何か物音が聞こえた。慌てて道の端に移動し、スパイよろしく近くの塀《へい》に張り付いてキョロキョロする。

高い声だ。何か言い争っている。

塀《へい》に張り付いたまま横歩きをして、角から横道を覗き込んだ。人影がいくつかと、揺れる火が見える。大人ふたりと、もうひとりは……子供？

「放せ！　放せったら！」

高い声の主はすぐにわかった。さっきの男の子だ。

ジタバタともがいているが、がっしりした大人に首根っこを掴まれている。

――何これ、誘拐？

「大人しくしろ」

その大人の声を聞いて、壁に張り付けていた背筋が凍った。推しの声だ。ゲス婚約者カリムだ。

どうやら、王女の婚約者が男の子を誘拐しようとしている。

――どうしよう、どうしよう。

男の子を助けなきゃ。でも、どうやって？　大人の男ふたりに、この細い王女の体でかなうわけがない。それに、私の変装を見破られたらマズイ。かなりマズイ。自分の婚約者――それも王女が夜中に王宮を抜け出しているなんて、カリムが喜ぶはずがない。最悪、私と男の子の共倒れになってしまう。

――助けを呼ぼう。

そう決めて走り出した。街は静まり返っている。いくつか扉を叩いて「誰か！」と声を張り上げたけど、応答はなかった。みんな早寝なのか、それとも厄介事に関わりたくなくて無視しているのか。

家は諦め、最初に出会った人に助けを求めようと思いながら無茶苦茶に走って、気づいたら王宮の門の前にいた。門番が立っている。逃げ出してきたはずの王宮の門番に話しかけるなんて無茶すぎるけど、この際、背に腹は代えられない。

「あの！」

息を切らして話しかけた。門番はめんどくさそうな顔でこちらを一瞥《いちべつ》する。

「さっき、向こうでっ」

息が切れる。苦しい。咳き込むと、痰《たん》が絡んで余計に苦しくなった。

「向こうでっゲホォッ」

「向こうで、どうした」

「男の子が連れ去られっ……」

「なにっどっちだ」

門番が身構えた。良かった。助けてくれそう。

「あっち」

街の方向を指差し、息を整える。

「子供を連れ去るなんてけしからん、どこのどいつが――」

「カリムがッ」

その名を出した瞬間、今にも駆け出そうとしていた門番が動きを止めた。

「カリム様が……？」

「そう。カリムが」

「カリム『様』だ」

様をつけろ、ということか。ご希望とあらばふたつだってつける。

「そう、そのカリム様様が、男の子をひっ掴んでたの。こうやって」

自分の首根っこを自分で掴んで実演しながら続ける。

「男の子は嫌がってた。どこかに連れていかれちゃうかも、急がないと」

「それなら大丈夫だ。放っておけ」

門番はすっかり興味を失った様子で片手を振って見せた。

「大丈夫って雰囲気じゃなかったよ。来てみてよ。見てみて大丈夫ならそれで……」

「関わるのはごめんだね」

「どうして……？」

「次期国王の不興を買いたくはないんでね。当たり前だろう。未来の雇い主だ」

「そんな……」

こうしている間にも、男の子が連れ去られてしまうかもしれないというのに。門番はテコでも動かないって感じに両足を開いて門の横にふんぞり返っている。

「じゃあ、せめてその武器を――」

「貸すと思うか？」

「貸すべきだと思わない？」

「思わない。門番がそんなに簡単に武器を渡すわけないだろう」

「正義感とかないの？」

「まァ、見知らぬ坊やに諭されて目覚めるような類《たぐい》の正義感は持ち合わせてないな。これは忠告だが、お前も関わらんほうがいい。子供は家に帰って寝ろ」

さァ帰れ帰れ、と手で追い払われる。

これ以上押し問答をしても無駄だと悟った。自分でなんとかするしかない。長いものに巻かれるタイプの門番にどうかバチが当たりますように、と祈りながら、ひとりで元来た道を戻った。

途中、王宮前の市場に置かれていた棒を拾い、ひたすら走る。

どの道だったか迷いながら進んだせいで時間を取られ、戻ったときには少年の姿も、大人ふたりの姿も消えていた。

空《から》っぽの路地に立ち尽くし、肩でゼエゼエと息をする。

——どうしよう。

途方に暮れて空を仰いだら、いつの間にか星が薄くなっていた。朝が近づいている。

このまま王宮に戻らずにいたら、遠からずバレて騒ぎになるだろう。一文なしなので商人に紛れ込んで街を出ることはできそうもないし、街で潜伏しても見つかるのは時間の問題だ。

自分の状況を思えば、あの男の子の心配をしている場合じゃないんだけど、記憶から消し去ることもできない。

――こんなの無理すぎる。

心の中で弱音を吐いたそのときだった。

「動くな」

背後から推しの声がした。

ヤヴァイ。

一応変装はしているけど、顔を見られたら王女だとバレるかもしれない。王女だとバレなかったとしても、相手は誘拐犯だ。それはそれでヤヴァイ。

振り向けないまま固まっていると、だんだんと足音が近づいてきた。ザリ、ザリ、と砂が石を擦《こす》る音だ。

――逃げるなら今しかない。

ダッと走り出そうと地面を蹴ったその瞬間、背後で「あっオイ！」と鋭い叫び声がした。そして体を後ろにグンと引かれる。背後からお腹のあたりに回された腕にガッチリと捕らえられ、身動きが取れない。

「放……してっ！」

ジタバタしたら、足が浮いた。大ピンチだ。持っていた棒を振り回してみたけど、振り方が悪いのか避けるのがうまいのか、まるで当たらない。

「動くなと言ったろ。じっとしてろ」

「ちょ、放っ……！」

私の抵抗など屁《へ》でもないみたいに、冷静な声が頭のすぐ近くで響く。

もう一度振り上げた棒は、いとも容易《たやす》く奪われた。

「見ろ。そこだ」

長い指が近くの地面を指さしている。抵抗しながらその示す方向に視線を向けて、固まった。何かが地面に張り付いている。私の握りこぶしくらいの大きさはあるだろうか。薄暗い中でぼんやりと光って見える。

「何……アレ」

「サソリだ。こちらを威嚇《いかく》してる。正確には、君を威嚇《いかく》してる」

そう言われて目を凝《こ》らしてみれば、たしかにハサミらしき影と鉤状《かぎじょう》のしっぽが見える。両のハサミを持ち上げ、しっぽをこちらに向けていて、いかにも臨戦態勢って感じの姿だ。

「刺されたら命はない。これ以上刺激しないようにゆっくり下がるぞ」

抱えられたまま引きずられるように、じりじりと下がった。そうして距離をとると、サソリは持ち上げていたハサミを下ろした。警戒を解いたらしい。しばらくそのままじっとしていたが、そのうちサカサカと道の反対側に姿を消した。

ふぅ、と背後で安堵《あんど》したような声が漏れ、体を解放された。私もハァと息をつく。

心を整えながらチラリと彼の顔を確認した。やはり婚約者様だ。なるだけ顔を見られないように、背を向けて服を整えるようなふりをしながら問いかける。

「なんか……あのサソリ、光ってなかった？」

「月の光で浮かび上がるんだ」

「そうなんだ。知らなかった」

——いや、待って。そうじゃなくて。

「もしかして今、助けてくれた？」

思わず振り返って尋ねてしまった。だって、誘拐犯に命を狙われこそすれ、救われるなんて思わなかったから。

うっかり振り向いたせいで顔を見られたので、バレるか、と身構えたけど、カリムは軽く眉を寄せただけだった。正体には気づいていないらしい。

ホッと胸を撫《な》で下ろしつつ、それはそれでどうなの、と思った。薄暗い上に昼間と違うスッピン姿とはいえ、数時間前に顔を合わせたばかりの自分の婚約者なのに気づかないなんて。私の変装がうますぎるのか。

微妙な顔をしていたせいだろう。カリムが片方の眉を引き上げた。

「なぜ驚く？　助けないほうが良かったか？」

「いや、そういうわけじゃないけど」

「けど……？」

「なんでもない」

そう答えると、私をじっと見る。表情は硬い。でも数時間前に宴席で水を差し出してきたときと違って、目が穏やかだ。ハチミツ色の目を見ていたら居心地が悪くなり、視線を逸らした。カリムの視線は相変わらず私の顔に注がれている。

バレるんじゃないかと気が気じゃない。心臓がドコンドコンと跳ねていて、口から飛び出してきそうだ。

「えっと……それじゃ、失礼」

さっさとトンズラしようと背を向けたそのとき、びうううう、と強い風が吹き、頭に巻いていた布がほどけた。

「あっ」

ぶわ、と舞い上がって私の手をすり抜けたそれを、カリムの長い手が掴んだ。

「ほら」

差し出された布を無言で受け取り、ねじって頭に巻きつける。早く巻き直さなくちゃいけないのに、焦っているせいか、バタバタとはためいて言うことを聞いてくれない。

布が暴れて顔にかかるのを一生懸命引き剥《は》がしていたら、カリムが手を貸してくれた。

「巻くのが下手くそだな。ここを折り込むんだ。そうすれば、簡単にはほどけない」

「下手で悪かったね」

言われた通りに布の端を折り込んでぎゅうぎゅうと押し込む。と、カリムが小さく息を吐き出した。彼のほうを見る。彼は口角を持ち上げて言った。

「君は礼を言うと腹でも壊すのか」

ようやく布を巻き終え、彼を見る。質問の意味がわからない。

「壊さないよ。どうして？」

「頑《かたく》なに礼を言わないから」

「……サソリから助けてくれてどうもありがと。ターバンも」

仏頂面でお礼を言ったのに、カリムは笑っている。おかしい。この人、笑うようなキャラじゃないはずなのに。目の前の人は悪人だ。近くにいるのは危険だ。それなのに大好きな声で笑うもんだから、ついうっかり気を許してしまいそうになる。

悪人相手に心が揺れてしまうのをなんと言うのだったか。ドップラー効果、いやそれは救急車だ、そうそうストックホルム症候群、と思い出し、でもあれは誘拐された人と誘拐犯との間で起こる話で、誘拐を目撃しただけの私は当てはまらないはずで、とつらつらと考えた。

これ以上彼の笑顔を見たくなくて視線を泳がせた先に、見覚えのある布袋がぶら下がっていた。

「あれ……その袋」

私の視線を追って自分の腰を見たカリムが、「ああ、これか」と言いながら布袋を持ち上げる。

「これがどうした」

「わ……」

私、と言いそうになった。危ない。

「わ？」

「ボク、のだ」

カリムは眉を寄せ、唇を引き結んだ。まるで信じてないって顔だ。

「嘘じゃないよ。本当にボクのだ」

言い募りながらも、胡散臭《うさんくさ》く聞こえてしまう自覚はあった。

アヤシクナイヨーホントダヨーという気持ちを込め、彫りの深い顔をじっと見る。

カリムはそんな私をしばらく見つめ、うなずいた。

「ついてこい」

「え？」

「案内する」

「どこに？」

「本当に君の物かどうかを確認できる人物のところに」

「いや、ついていくのはちょっと」

どこに連れていかれるかわからない。身の危険を感じる。

「すぐそこだ」

――これ、アカンやつやん。

「知らない人についていくのはちょっと」

警戒心を露《あら》わに後ずさっていたら、カリムがまた笑った。

「なんで笑うの」

「一応警戒心はあるんだな、と思って」

「一応って何」

「こんな夜にひとりでほっつき歩いているから、ないのかと」

「あるよ、普通に」

「警戒するのはいいことだ。良からぬことを考える連中もいるからな」

「良からぬことって……たとえば……誘拐、とか？」

距離をとったまま慎重にそう言った。心臓が早鐘《はやがね》を打つ。

顔色を変えるかと思ったけど、彼は涼しい表情のままだ。

「そうだな。他にも色々とあるが」

「あなたは、そういう人たちとは違うの？」

ごく、と喉《のど》が鳴った。

「違う」

「ふぅん」

ちっとも信じてないということが伝わったのだろう。カリムは何か言いかけて途中でやめ、「まぁいい」とつぶやいた。

「ここで待っていてくれ。すぐ戻る」

そう言って、私の返事も待たずに早足で歩み去った。私はと言うと、腕を組んで思案する。

――さて、どうしたものか。

布袋を諦めて逃げるか。それとも待つか。

結局決めきれないままそこに突っ立っていたら、カリムが戻ってきた。仲間らしき大人と、子供らしき小さな人影を連れている。近寄ってきたその顔を確認して、私はホッと安堵《あんど》の息をついた。あの男の子だ。無事らしい。大人のもとを離れてこちらに駆けてくるところを見ると、怪我もないようだ。

「さっきのお兄ちゃんだ！　この人で間違いないよ！　布袋、この人のだ！」

男の子が高い声で言う。彼のあとからついてきていたカリムと目が合った。うなずいている。

「疑ってすまなかった。君ので間違いないようだ」

カリムは少年の頭に手を乗せて撫《な》でるような仕草をしつつ、布袋を差し出してきた。

それを受け取り、中身を確認する。カリムの隣にいる男性がかざしてくれた松明《たいまつ》の光と手の感触で中の宝飾品がちゃんとあるのを確かめ、今度は厳重に腰に巻いてズボンの下にたくし込んだ。次に王宮の外に出るときには、布袋を服の裏か何かに縫《ぬ》い付けておいたほうがいいかもしれない。

「拾ってくれてありがとう」

男の子にそう声をかけると、何やら気まずそうな笑顔が返ってきた。

「ううん。その……」

言い淀《よど》む男の子の背中をカリムがそっと押す。励ますような、意外にも優しい仕草だ。

「ごめんなさい。実は、盗んだんだ」

少年が言った。

「へっ？」

「拾ったんじゃなくて、隣に座って話してるときにスッたんだよ」

「あ……そうだったんだ。全然気づかなかった」

今夜の自分に、間抜け選手権優勝の称号を与えたい。

男の子にマントとわずかばかりの食料をあげて「いいことしたな」なんて気分に浸ってたけど、実際のところはいいカモだったということだ。かなり恥ずかしい。

男の子がぎゅっと目をつぶり、頭を下げる。

「ほんとにごめんなさい。カリムとアルジュに見つかって……元の持ち主に返すようにって言われたんだけど、お兄ちゃんがどこに行っちゃったかわからなかったから返せなくて。カリムが持ち主を捜してくれることになったんだ」

「そうだったんだ」

合点《がてん》がいった。私が目撃して誘拐騒ぎだと思ったシーンは、どうやらスリの少年がとっ捕まったところだったらしい。男の子に危険が迫っていたわけではないとわかり、安堵《あんど》する。

「ごめんなさい」

少年はそう言い募った。反省した様子で縮こまっている男の子を見たら、責める気にはなれなかった。

「君……名前は？」

「シャフィーク」

「『優しい人』って意味だね」

「うん」

「そっか」

痩《や》せこけた姿を見て、それ以上言葉が出てこなかった。黙っていると、カリムの隣に立っていた男性——たしかアルジュと言ったか——が少年シャフィークに声をかけた。

「さぁ、家に帰らないとな。送っていく」

「うん。カリムとアルジュにもらった食料をお母さんに届けないと」

少年はこちらに手を振って「じゃあね」と言った。アルジュに連れられて去っていく小さな背中を見ながら、カリムに話しかける。

「あの子……罰せられたりしないよね？」

「盗まれたのは君だ。君はどうしたい？」

「スリは良くないけど、布袋は戻ってきたから、あんまり厳しくはしないでほしい。すごく痩《や》せてたし、お腹が空いてるのは本当だったと思うから」

「習慣でスッたが、そのあと君が優しくしてくれたのでスッたことを後悔したと言っていた。気づかれないように元に戻すタイミングを見計らっていたら、君が立ち去ってしまったと」

「そっか」

「君が罰を望まないなら、当面は今までと同じようにときどき食料を渡しながら、犯罪に手を染めないよう言い聞かせることにするよ」

「『当面は』？」

「本人が望めば我々の部族で保護するが、あの子は親が街にいるから、ここを離れようとしない。説得には時間がかかる。無理に連れていくわけにはいかないし」

「親がいるのに、あんなに寒そうな格好して夜に街にいるんだね」

「親にも子供を食べさせる余裕がないんだ。家が狭いのに子供が多いから居場所がなくて、町をうろついてる。シャフィークはそうじゃないが、中には親の指示で路上に立つ子もいるんだ。この辺りなら、旅の商人から金や食料を恵んでもらえることもあるし、君みたいに不注意な人間も少なくないから」

「そうなんだ」

切なくなる。私の父は、体操の大会を見に来てくれたことは一度もなかったけど、学校に行かせてくれたし、仕送りもしてくれた。当たり前だと思っていたもののありがたさに、今更になって気づく。

「彼らの運命は過酷だ。旅の商人がいつも善人とは限らないからな」

「そうだろうね。悲しいけど」

悪いことの手先として使われたり、時には奴隷商人に捕まったり。この国だけじゃなく、歴史を紐解けば世界のあちこちで起きていたことだ。もしかしたら、現代も世界のどこかでは。

「だから本人が望めば、ひとりで生きられるようになるまで部族で保護するようにしているんだ。豊かな暮らしではないが、飢えずに済むし、生き抜く力を得られる」

「そっか」

――なんか急にいい人感出してきたな。王女にはあんなに冷たいくせに、見知らぬ人をサソリから救うし、子供にも優しいなんて。

そう思いながら、彼を見つめた。

空の黒が薄まって朝の気配がする。その薄明かりに照らされて、彼の表情のひとつひとつがちゃんと見える。片側の眉毛を持ち上げたり、目を細めたり。

「それで？　君はどうするんだ」

「何が？」

「その布袋を持って、どこへ行くつもりだ」

「……散歩」

薄れかけていた警戒心に鞭《むち》をくれながら、短く答える。

カリムは「んなわけあるかい」という顔をした。

「嘘はいいから、本当のことを言え」

「嘘じゃないよ。それに、もしも嘘だったとして……あなたに関係ある？」

「この街で起こることだ。無関係じゃない。君が何者かもまだ聞いていないしな」

「そういうあなたのほうこそ何者なの」

「砂漠に暮らす部族のひとりだ。名は――さっきシャフィークも言っていたが――カリムという」

「へエ、ソウナンダ」

初めて聞いたみたいな顔をしたけど、ちょっと嘘臭くなったかもしれない。

「……俺の名を聞いたことがあるか？」

「エ？　ドウシテ？」

「俺に見覚えは？」

そう問われ、心の底のほうが冷えた。

――ああハイハイ、「王女の婚約者である吾輩の名も知らぬとはこのウツケ者め」ってことね。

面倒臭くなりながら、首を横に振った。

「……ない」

「そうか」

カリムは私の答えを不快に思っている風でもなく、肩をすくめた。

こちらの正体には全く気づいていない様子だ。王女のアイメイクは古《いにしえ》のギャルくらい濃ゆいし、ムーアの話では人前ではいつもベールをかぶっていたようだから、王女の顔をほとんど見たことがないせいかもしれない。そうは言っても、声や動きでわかりそうなものなのに。

――いや、気づかれなくて好都合だけど。

「カリム。お会いできて光栄でした。誤解も解けたし、あなたの名前もわかったし、助けてくれてありがとセンキュー。そいじゃ、今日はこの辺でサヨナ――」

去り際の挨拶のつもりで上げた腕を、がしりと掴まれた。振りほどけない。

「ちょっと、放し――」

そう言いながら手を引っ張っていたら、掴まれている手首から映像が流れ込んできた。袖がズレて肌が触れたらしい。映像の内容は暴れるヤギだ。彼にはその想像がおかしかったらしく、私の手首を掴んだまま笑っている。私がヤギに似ているとでも言うのか。失礼な。

「放してよ」

「送っていく」

「必要ない」

まだ笑っているし、まだ心の中にはヤギがいる。ひどいもんだ。

カリムは私の手を掴んだまま、余裕の表情で言う。

「君の正体も、夜中の散歩の理由もこれ以上聞かないでおいてやるから、君も譲歩して送らせろ」

「いや、結構で――」

ふと、カリムの余裕の表情に影が差した。ハチミツ色の目が茶色く濁《にご》って見える。先ほどまでとは打って変わった低い声で、彼は静かに言った。

「その布袋の中の宝石を元あった場所へ戻すなら、今夜ここで君に出会ったことは忘れる」

「っ……中を……見たの？」

さして険しい表情をしているわけではない。なのに、彼の纏《まと》うオーラみたいなものに圧倒され、言葉がうまく出てこない。

「持ち主の手がかりがあるかもしれないと思ったからな」

「それで……」

「年齢や格好からして、君の持ち物だとは思えない」

つまり、盗んだ、と言いたいわけだ。まぁ、王宮から持ち出したのは確かだけど、これは王女のものだから、王女の体を借りている私が持っていてもおかしくないはずだ。たぶん。

私のだ、と反論しようとしたけど、視線で制された。

「朝が来るまでに戻せば、持ち主に気づかれずに済むだろう。そうすれば君も盗人にならずに済む」

「戻さないって言ったら、どこかへ突き出すってこと？」

「『盗人にならずに済む』っていうのは、そういうことじゃない。君自身の問題だ。盗人だと他人から思われるのも辛いが、自分で思うのはもっと辛い。君はまだ若い。自分をそこまで落とすな。今なら引き返せる」

意外な言葉に驚いていると、彼は畳みかけるように言った。

「困っているなら力になる。だから、その宝石は持ち主に返すんだ」

真剣な目だ。予想もしていなかった展開に頭が追い付かずにいると、カリムはそれを了承ととったのか、私の背中を軽く押した。

「送っていく。家はどこだ」

しばらく迷ったけど、カリムの表情から「誤魔化《ごまか》せない」と悟り、黙って王宮を示す。だいぶ離れた場所まで歩いてきたような気がしていたのに、玉ねぎ形の屋根がすぐ近くに見えている。

「王宮か」

「うん」

「働いているのか」

「うん。まぁ、そんな感じ」

歩き出したカリムの後ろをトボトボとついていく。

どれだけの松明《たいまつ》を焚《た》いたら、闇夜にあの金の玉ねぎが浮かび上がるほど照らせるのか。玉ねぎのライトアップに使われる松明《たいまつ》をひとつでもあの少年に分けてあげたら、少年は暖を取れるのに。

忌々《いまいま》しい気持ちで玉ねぎを見つめていたら、頬に視線を感じた。

「王宮へはときどき行くが、君と会ったことはないな」

「……新入りだからね」

「そうか」

「王宮には何しに来るの？」

「仕事だ」

「そっか」

その「仕事」とやらは、サイードとの良からぬ企《たくら》みに違いない。

ターバンを引っ張ってできるだけ顔を隠しながら、歩き続ける。

「王宮勤めは厳しいか」

「……どうして？」

「逃げ出そうとしていたんだろう？」

「逃げ出そうなんてしてない」

少しムキになってしまった。そんな私を見て、カリムは両手を挙げた。降参、って感じの仕草だ。

「そうだったな。ただの散歩だったか」

「うん」

決まりが悪くて、足元に視線を落とす。

「……ボクとここで会ったこと、誰かに話す？」

「さっき言っただろう。誰にも話さない」

「……ありがとう」

「お。今度はすぐに礼が出たな」

カリムはクク、と低く笑った。私は「出た、お礼クレクレ妖怪」と思いながら、愉快そうなその顔をじとりと見つめる。

「どうしてお礼にこだわるの？」

「街の子供たちと接していると、『ごめん』と『ありがとう』を叩き込むところから始めることが多くて、癖になっている。鬱陶《うっとう》しかったならすまん」

「……なんか親みたいだね」

「思い上がりだが、親代わりになれればいいと思っているよ」

「……ふぅん」

「なんだその反応は」

「ううん、なんでもない」

子供思いな悪人、とな。見聞きしたことのない設定に戸惑ってしまう。

推し目的で見た映画やアニメ、ゲームのどれをとっても、悪人と言えば動物と子供にはとことん嫌われる存在だ。見知らぬ子供に「ちゃんと『ありがとう』って言いなさい」と躾《しつけ》を施《ほどこ》す悪人なんて聞いたことがない。

サイードと一緒のときはセオリー通りの悪人って感じで、あんなに冷たい態度だったのに。もしかして、偉い人と一緒だと急に威張り始める「虎の威を借る狐」タイプなのか、それってズルくて一番嫌われるキャラでは、などと思っていたら、足元をぴゅうと風が吹き抜けた。

思わず「さむ」とつぶやいて背中を震わせたら、カリムが自分のマントを脱いで肩にかけてくれた。

「着ておけ」

——何これ。

こんなベタなことで不覚にもドキドキしてしまう自分を情けないと思いつつも、心臓はかなり乱暴に拍を刻んでいる。青春を体操と推しに捧げた恋愛ビギナーは、三次元のイケメンにめっぽう弱いらしい。

推しの声なのがいけないんだ、それがすべての原因だ、と思いながら、なんとか心を鎮《しず》めようと荒めの鼻息を吐き出した。そしてマントを突き返す。

「いらないよ」

「受け取っておけ。震えているくせに強がるな」

「強がりなんかじゃ――」

言いながらマントを脱いだら、肌がヒヤリとした。ヒュ、と唇が音を立てる。カリムはそんな私を見てまた低く笑った。

「どうして、そう頑《かたく》ななんだ」

「だって……ボクがあの子にマントをあげたのに、結局あなたからもらっちゃったら意味ないし」

カリムは首を大きく横に振った。

「そんなことはない。大いに意味がある」

「どうして？」

「誰もが素通りし、実の親ですら自分に十分な注意を払ってはくれない。そういう子供にとって、誰かが自分のことを気にかけてくれたという事実が大切なんだ。苦しいときに、そういう記憶こそ力になる」

隣を歩くカリムを見た。薄い服一枚で、寒そうな様子もなく歩いている。

「そっか。じゃあ、良かったのかな」

自分のしたことに少しでも意味があったのだとしたら、それはとても嬉しいことだ。

抵抗する気が失せて、マントの前を合わせてぎゅっと握った。

「……本当に借りていいの？」

「ああ。返さなくていいから、取っておけ」

「……ありがとう」

彼の体温の残るマントにくるまって、はぁ、と息を吐き出す。白くなるほどではないが、砂漠と聞いてイメージするのとはかけ離れた寒さだ。昼間に太陽の熱を吸収した砂漠の砂はその熱をぐんぐん放出してしまい、夜にはほとんど残らない。

「君の親は？」

何を問われたかわからず、カリムのほうを見た。彼はまっすぐにこちらを見つめている。

「ん？」

「親はいないのか」

「……いるよ」

「この街に？」

「……ううん。ずっと遠くに」

何せ時間軸まで加わって、四次元レベルで離れてるのだから、「遠い」と言っていいはずだ。

カリムは驚いた様子を見せなかった。

この時代、ファレシュは東西の交易の中心地だった。遠くから働きに来ている人も多いのだろう。肌の色も目の色も様々だ。

「会いたいか」

カリムに問われ、うん、と答えようとした。でも声が出ない。代わりに鼻の横の辺りが熱くなる。ダメだ。涙は出さない。瞬きをしたら涙がこぼれそうで、必死に堪《こら》えた。

「馬鹿な質問だったな」

彼が静かに言う。泣きそうだと気づかれただろうか。

「君がここにいることを親は知っているのか」

「ううん、知らない。もしかしたら、まだいなくなったことに気づいてないかも」

「仲が……？」

「悪くはなかったよ。ただ、ボクより大切なものがある人だった」

「そうか」

だんだんと王宮に近づいていく。高い塀《へい》にぐるりと囲まれてそびえ立つそれは、中にいるよりも、外から眺めたほうが大きく感じる。少し前に歩いたあのぼろい街並みとのあまりの落差に、わずかな怒りが生まれた。

「ここへは無理やり連れてこられたのか」

「うーん、まぁ、そんな感じかな」

無理やり、と言っていいものか。こんなことになるなんて思ってもみなかったけど、自ら願ったのは事実だから、中途半端な答えになった。

「帰りたいか」

「そうだね、方法があるなら」

「力を貸そうか」

意外な言葉に面食らってカリムを見上げると、真剣な瞳がこちらを見下ろしている。

「……どうして？」

「何がだ」

「どうして力を貸してくれるの？　見ず知らずの人間なのに」

「助けるのに理由なんか必要か？　助けられない事情がなければ助けるだろう。君だって、理由なくあの子――シャフィークに服をあげた。同じことだ」

「あれは……たぶん、ちょっと『良いことしたな』って気分に浸りたかっただけで」

「俺も同じだ」

「そっか」

「それで？　何か力になれることはあるか」

黎明《れいめい》の空を仰ぎ、少し迷う。カリムの助けで街を出ることもできるかもしれない。でも、これ以上傍にいるのは危険な気がする。正体を知られるかもしれないし、どういうわけかカリムがいい人に見えてしまうのも困る。

「ううん。大丈夫――今は」

「そうか」

カリムが足を止めた。いつの間にか王宮のすぐ傍まで来ていた。厳《いか》めしい門が見える。戻ってきてしまった、という軽い絶望があった。強欲の象徴みたいな金ぴかの玉ねぎを見上げる。

「ここからひとりで戻れるか。黙って仕事を抜け出してきたんだろう。門番に見とがめられるか」

「あ、うん。たしかにそうだね」

それが最重要課題だったことをようやく思い出し、ため息をついた。高い塀《へい》が行く手を阻《はば》んでいる。カリムもまた、軽くため息をつく。

「ついてこい。顔は隠しておけよ」

カリムは正門に向かい、門番と何かやり取りをした。素早くてよく見えなかったけど、門番に何かを手渡しているようだった。

――お金かな。

ムーアから聞いてはいたけど、実際目にすると微妙な気持ちになる。この人はこうやって他人を思うがままに動かすような人なんだ、と。

――良い人なのか、悪い人なのか、わかんないな。

そう思ってひとり小さなため息をついていたら、カリムが戻ってきた。

「入れてくれることになった。君の正体は話してないから大丈夫だ。ここからはひとりで行けるな」

「うん、ありがとう」

「夜に出歩くのはもうやめておけよ」

うなずけずにいると、カリムが顔を少し険しくする。

「君が思っているよりも街は危険だ。わかったか」

「……わかった」

――次は、もっとちゃんと準備してから行動することにする。

カリムは納得したのか納得していないのか微妙な顔をしている。

「どうしても王宮の外に出たくなったら、月時計が二を指す時刻に砂漠の入り口に来るといい」

それだけ言うと、私の返事を聞かず、カリムは踵《きびす》を返して去っていった。

熱中症

夜の静けさとは打って変わって、昼の街は賑《にぎ》やかだ。

バルコニーから街の様子を眺め、そう思った。

王宮のすぐ前に屋台のような店が立ち並び、たくさんの人が行き交っている。大小さまざまな壺《つぼ》や異国情緒あふれる織物、見たこともない食べ物が所狭しと広げられ、客を呼び込む店主たちの競うような声が響いてくる。

昨夜は部屋に戻るとすぐに寝た。朝方まで街をウロウロしたせいで疲れ切っていたのだ。少し前に目を覚まし、部屋の入り口に置かれていた朝食を摂《と》ったところだ。陽はすっかり高いけど、まだお昼の鐘は鳴っていない。そろそろ正午くらいだろうか。

暇だし少し体でも動かそうかと、バルコニーから部屋に戻って簡単にストレッチをする。

ストレッチのお供は鼻歌だ。最後の大会に向けて準備していた床運動の演技曲で、繰り返し繰り返し聞いたので、頭にすっかり焼き付いている。

体がいい感じに温まったところで、さて何をしようかと部屋を見渡した。

——手始めに懸垂《けんすい》してみようかな、ちょうどいいバーがあるし。

ベッドの天蓋《てんがい》を見ながらそんなことを思い、ジャンプして天蓋《てんがい》にぶら下がった。しっかりと握り、手の位置を肩幅くらいに調整する。そして背中にグッと力を入れた。

「フンッ」

上がらない。

「ンーッ」

ピクリともしない。

「ウァアアアア」

部屋にむなしい声が響くだけで、まるで上がる気配がない。コリャ無理だと早々に諦め、一旦着地をキメた。王女の体で懸垂《けんすい》は、負荷が高すぎたらしい。軽めの筋トレに変更だ。

まずはスクワットから。王女の体でいきなり普通のスクワットは無茶だろうと、椅子スクワットを選んだ。テーブルの横に置かれた椅子を引っ張って壁際に移動させ、浅く腰かける。その状態で小スクワットを十回。椅子に座って大きく息を吸い、吐き出しながら立ち上がる。

十回ワンセットを終え、腹筋のメニューに移る。なんせ王女の体は肋骨が浮いているのだ。つい守りたくなるようなか弱い女の子に憧れたこともあったのだけど、さすがにこれは弱々しすぎる。腹筋の増強は急務だ。

腹筋へのアプローチといえばプランク、またの名をフロントブリッジだ。王女の体で応用編は無理そうだから、オーソドックスなものから始めることにする。両肘を床について両脚を伸ばし、肘とつま先で体を支える。それを三十びょ――

「ウッハッ」

笑ったわけではない。姿勢を保てずに床に崩れ、胸が押しつぶされて思わず出てしまった声だ。

三十秒キープ以前に、腕がプルついてそもそも体を支えられなかった。筋トレビギナーの体には、プランクは少し荷が重かったらしい。

五分キープできていた頃が懐かしくてちょっと歯がゆくなった。でもそれは、伸び代が大きいことを意味する。いやむしろ、伸び代しかない。そして大抵の場合、八十点を百点満点にするより、零《ゼロ》点を二十点にするほうが簡単だ。

これは俄然《がぜん》やる気が出てきた。

プランクの姿勢から膝をつき、同じように背中とお尻を一直線にする。だいぶ負荷が下がるので、こちらはなんとかできそうだ。タイマーはないので心の中でテキトーに二十秒を数え、十秒休む。また二十秒やって、十秒休む。そのインターバルを八回繰り返して、このセットは終了だ。

時間を置いてまたやることにして、いったん床に寝転んだ。ほど良い疲労感が襲ってきて、気分がいい。

――これで王女にこの体を返したら、「勝手に筋肉なんかつけて」って怒られるかな。逆に私の元の体は、痩《や》せ細ってしまっているかもしれない。そうしたら、また一から鍛え直しか。

そんなことを考えながら何セットか筋トレを繰り返していたら、正午の鐘が鳴った。じきに昼食が届けられるはずだ。

さすがに世話係の女性が部屋に入ってきたときにプランクをしていたら相当怪しまれそうなので、筋トレは打ち止めだ。汗をかいたので着替えようと、衣装箱を開ける。

「あ、そういえば」

蓋《ふた》を開けて思い出した。昨日は急いでいたので中を見ずに戻したけど、衣装箱の底に本がしまわれていたんだった。

布をかき分け、赤い革表紙のそれを取り出した。ずっしりと重い。立ったまま開くには重すぎたので、床に胡坐《あぐら》をかき、膝の上でそっと表紙をめくった。

嗅ぎ慣れない匂いがふわりと漂《ただよ》ってくる。二十数年親しんできた紙とは全然違う匂いだ。感触も違う。分厚い。けれど、ゴワゴワしているわけではなく、肌触りはなめらかだ。

本の内容はすぐにわかった。罫線《けいせん》のない紙に整った小さな文字で、日付と出来事が綴《つづ》られている。王女の日記だ。

——どうしよう。

日記を前に、しばらく悩んだ。体を借りているからって、彼女の心の中に立ち入る権利は私にはない。でも、内容が気になる。結構気になる。かなり気になる。

「……ごめんね。ちょっとだけ」

そうしてめくった最初のページには、この本を父である国王から贈られたことが弾んだ字で記されていた。次のページ、その次のページ、と読み進める。毎日ではなく、書きたいことがある日だけ書いていたようだ。パラパラとめくりながら、目についた箇所を斜め読みした。

朝日がとびきりきれいだったとか、兄王子と些細な喧嘩をしてしまったとか、王妃と一緒に絵を描いたとか。生き生きと日常が綴《つづ》られている。

かなりの年月にわたって書き続けていたらしく、ともかく量が多い。私のファレシュ語力で読破するのは無理そうだと諦め、後ろからめくって一番最近のページを探した。まだ余白の残るそのページを見つけて手を止め、すぐに読み終えてしまう。

『皆と笑い合い、絵を描き、心地よい疲れと共に眠りにつく日々に戻れたらいいのに』

胸がしくしくと痛んだ。

そのページから遡《さかのぼ》って読み進めることにした。後半部分は日記の冒頭に続いた平和なものとはかけ離れた内容で、ほとんど王女の苦悩で埋め尽くされていた。整っていた字はひどく乱れて不揃《ふぞろ》いで、涙でインクが滲《にじ》んだ跡もある。

両親と兄を相次いで失い、彼らに代わって権力の座に就いた叔父は、彼らの死を悼《いた》むどころか、権力を得たことを喜んでいるようですらある。孤独の中、王女の心にひとつの想いが巣食った――両親と兄の死は、仕組まれたものではなかったか。

おいそれと口に出せることではない。心を許せるわずかな人々はサイードのせいで地位を追われ、行方不明になり、または、危険から逃れるために自ら彼女のもとを去った。代わりにやってきた使用人たちも、親しくなればまたサイードの標的になってしまう。彼らを巻き込まないため、王女はできるだけ使用人との会話を避け、交流をしないように努めた。

そのまま遡《さかのぼ》って読んでいたら、知っている名前が出てきた。

『ムーアに会いたい』

そのページに小さな紙片が挟まっていた。メモだ。通りの名前と数字が書かれているところを見ると、ムーアの住所らしい。メモは挟んだままにして、さらにページを繰《く》る。

カリムのことが書かれた箇所もあった。『叔父に取り入る冷徹な人』と書かれている。王女として接したカリムの冷たい態度を思えば、そんな風に評されるのもうなずける。

こんな状況で結婚相手にカリムを宛がわれて、喜べるはずがない。

『けれど、私が逃げ出せばファレシュはきっと滅びてしまう。両親と兄の愛したこの国を守ることが私の務め。逃げ出すことはできない』

乱れた字を読みながら、「それなのに王女は逃げることを選んだんだ」と心に引っかかりを覚えた。耐えきれなくなった、ということなのか。けれど、続く文を読んで、すべてを理解した。

『誰か私の代わりに王女として生きてくれる人がいれば』

彼女はきっと、竜の涙にこれを願ったんだ。それが偶然にも私の「星でも眺めながら推しの声を聞いていたい」という能天気な願いとピタリと一致したから、入れ替わることになったんだ。

――でも、王女の代わりにここへ来た私は逃げ出そうとしている。

日記を閉じ、ベッドにダイブした。

「知ったこっちゃない」という声と「無責任な」という声が脳内で大喧嘩を始めたので、強制シャットダウン――またの名をうたた寝――しようとそのまま突っ伏して唸《うな》っていたら、何やら部屋の外が騒がしくなってきた。街のほうではなく、王宮の中から聞こえる。

しばらくベッドにうつぶせになったまま無視しようと努めたけど、騒ぎが収まる気配はない。気になって、様子を見に行くことにする。日記を衣装箱の底にしまい、アイラインをしっかり引いて顔をきちんと布で覆《おお》ってから、部屋を出た。

声の出所を探して廊下を歩き、部屋からそう遠くない中庭で人だかりを見つけた。何事だろう、と近づくと、人だかりの中心に人が横たわっているのが見えた。誰かが縋《すが》りついて泣いている。ただならぬ様子だ。

人垣の外で首をキリンにしていたら、誰かが私に気づいて驚いた声を上げた。先ほどまでの騒がしさが嘘みたいに場が静まり、人垣が割れる。

そうなると「野次馬しに来ただけなので、どうぞそのまま」と言うわけにもいかず、視線を感じながら割れた人垣の中を歩いて倒れている人に近づいた。顔が見える位置まで来てハッとする。昨日の門番だ。外された鎧《よろい》が彼の横に無造作に置かれている。怪我だろうか。

慌てて傍に寄ると、門番は意識が朦朧《もうろう》としている様子で、何かうわごとを言っている。この暑さだというのに汗をかいている様子はなく、息が荒い。門番に縋《すが》りついていた人が顔を上げてこちらを見た。無口な世話係の女性だ。おそらく彼の知り合いなのだろう。涙を流している。

「体に太陽が……」

女性が涙ながらに言った。その表現を聞いたのは初めてだったけれど、熱中症のことだ、とすぐにわかった。

人垣からは「この状態では」とか「水も飲めないし」と諦めたような言葉がいくつも漏れ聞こえ

てくる。女性にも聞こえてしまっているのだろう。途方に暮れ、涙があふれて止まらない様子だ。

真夏の体育祭、運動場でクラスメイトが倒れたときのことを思い出した。専門的な知識はないが、見よう見真似の応急処置ならできるかもしれない。

「とりあえず日陰に移さないと」

つぶやいて彼の背後に回り、脇の下に手を入れて体を引きずろうとしたら、近くにいた男性が無言で手を貸してくれた。力の抜けた体の重いことときたら。ふたりがかりでなんとか持ち上げ、近くの木陰に移す。

「何か声をかけて」

世話係の女性に言いながら門番の片脚を持ち上げて、もう一方と交差させた。そして門番の体の脇にしゃがみ、胴体の下に手を入れてゴロリと転がす。想定より重くて思わず「ふんしょ」と王女にあるまじき声が出たが、なんとか体を横に向けさせることができた。嘔吐《おうと》したときに、吐き出したものが喉《のど》に詰まって窒息《ちっそく》するのを防ぐためだ。

「とにかく体を冷やさないと。何か扇ぐものが……」

あたりを見渡したが、近くに生えているヤシっぽいツンツンした葉しか見当たらなかった。ちょうど一枚枯れた葉が地面に落ちていたので、それを拾ってヒラヒラと扇ぎながら、様子を観察する。

相変わらず門番の息は荒い。呼びかけには何やら応じているが、はっきりした言葉は返ってこない。これが現代なら、たぶん救急車を呼ぶべき場面だ。

――葉っぱじゃ間に合わないな。

「ちょっと待ってて。扇いでてもらえる？」

女性に葉っぱをパスしてそう言い残し、急いでその場を離れた。走って部屋に戻る。そして衣装箱から布を何枚か引っ張り出し、中庭に戻った。

「脇の下を冷やさないと」

中庭の水路を流れる水に布を浸し、門番の両脇の下に入れた。

「首の下も」

太い血管が通っているところは全部冷やしたほうがいい。そのためには布が足りない。

持ってきた布を破こうと引っ張ったが、なかなか丈夫で破れない。歯で噛み千切ろうと口に近づけてから、自分の顔のほとんどが布に覆《おお》われていることを思い出した。人前で顔を晒《さら》せない身なので、歯で布を噛み千切るのはまずい。

「失礼」

門番の腰元にあった短剣を拝借し、すらりと鞘《さや》から抜く。背後で人の後ずさる気配があったけど、そんなこと気にしていられない。幸い短剣の切れ味は鋭く、労せず布に穴をあけることができた。あとは、穴から引き裂くだけだ。ビリリ、大きな音が乾いた空気の中に響く。

布を水に浸して冷やし、世話係の女性に渡す。脇、首ときて、もうひとつ大きな血管があったことに思い至った。脚の付け根、と言いたいけど、焦っているせいもあって適切なファレシュ語が思い浮かばない。やむを得ず、頭に浮かんだ単語を口にした。

「股間も」

それなりに大きな声で言ったあと、「やってしまった」と思った。

覆水盆に返らず。股間発言取り戻せず。

人目に触れないよう全身のほぼすべてを布で覆《おお》い隠した貞淑な姫君として、あるまじき発言だった。あるまじき発言すぎて、みんな空耳だと思ってくれるのではという淡い期待すら抱いたほどだった。

でも、世話係の女性がそっと彼の股間に布を添えてくれたことで、その期待は無残に打ち破られる。ざわ、と静かに背後の人垣が揺れたのがわかった。

背中を冷たい汗が伝うが、今は私の発言云々《うんぬん》よりも目の前の門番の体を冷やすのが先だ。

「がんばれ、がんばれ」

他にかける言葉が見つからず、そう言いながら門番の肩をトントンする。昨夜はバチが当たりますようになんて思っちゃったけど、こんな風に苦しんでほしくはない。

空気が乾燥しているせいであっという間に布が乾いてしまうので、こまめに布を水に浸しながらしばらく冷やしていると、うわごとだった男性の言葉が聞き取れるようになってきた。

回復に近づいている気がする。ほんの少しの安堵《あんど》と、まだわからないという不安がない混ぜになって、息が苦しい。口元を覆《おお》う布を手で少し浮かせて深呼吸をしたときだった。

「そのお姿は……ラフィ王女？　何事ですか」

背後から、少し鼻にかかった低い声が聞こえた。

振り返らなくとも声の主は明らかだった。カリムだ。

――こんなときに。

昨日の今日だ。バレるかもしれない。振り返れるはずもなく、顔を覆《おお》う布を引っ張り上げて俯《うつむ》いた。

「これは……太陽の仕業ですね」

すぐ横から声がする。目を合わせないように門番のほうを向いたままうなずいた。

「応急処置は、あなたが？」

これにもコクリと、首の動きだけで返事をする。

カリムは門番の額と首元に触れながら素早く全身を確認し、「もう大丈夫だ。じきに意識が戻るでしょう」とつぶやいた。そしてすぐに人垣を振り返る。

「彼の代わりに、誰か別の人を見張りにつけられるか？　それから君、厨房へ行って塩を一さじもらってきてくれ。意識が戻ったら水に混ぜて飲ませる。カリムの指示だと話せば譲ってもらえるはずだ。手の空いている者は、扇ぐのを手伝ってくれ」

私はそのテキパキとした指示を聞きながら、背中にピリピリと緊張感を背負っていた。カリムは手当てに慣れているようだから、門番はもう任せて大丈夫だろう。それなら長居は無用。

これ以上カリムの側にいたら危険だ。とっとと部屋に戻らなくてはと、胃がキリキリする。でも、今下手に動くとカリムに見とがめられるかもしれない。それも厄介だ。

身動きが取れずにしゃがんだままじっとしていたら、ぞく、と背中が寒くなった。

ざわついていた背後の人垣が水を打ったように静まり返り、その中にひとつ、砂を踏む足音がする。

「カリム」

妙に高いしゃがれ声だ。背の高いカリムの陰に隠れて姿は見えないが、間違いない。サイードだ。

——怒られるかな。

一瞬のうちに頭をよぎったそれは、疑問じゃなかった。確信だった。

「なんの騒ぎだ」

私に問うているのだろうか。それともカリムに？　いずれにしても、ここにしゃがんだままでいたら怒鳴られそうだ。ゆっくりと立ち上がろうとしたその肩を、大きな手が押さえつけた。

カリムがこちらに背を向けたまま、私の肩を押さえている。しゃがんだままでいろ、ということか。判然としないままその場でじっとしていると、カリムは後ろ手に何やら指を動かした。それを見た世話係の女性が立ち上がり、カリムの脇に立つ。

ふたりが並んで壁のように立っているので、私の場所からはサイードが全く見えない。ということは、逆もまた然《しか》り。

——もしかして、隠してくれてる？　サイードから？

カリムの陰で固唾《かたず》を呑む。

「閣下。通りかかったところ、暑さで倒れた者がおりましたので、手当てを」

カリムは落ち着きはらった声でサイードに言った。

「それはお前の仕事ではなかろう」

「……失礼いたしました」

サイードはフン、と鼻を鳴らす。

「体調管理すらまともにできんとは。役立たずが。これしきの暑さに打ち勝てぬ軟弱者に王宮の守りは務まらぬ。手当てなど不要。そやつはこのまま転がしておけ」

あまりの物言いに慄《おのの》いているうちに、サイードは続ける。

「まぁ良い。カリム、ちょうどお前に用があった。来い」

「ハッ」

カリムはまた体の後ろで指を動かしながら、ゆっくりと人垣を割って歩いていく。そして彼が通り過ぎた傍から人垣が閉じた。しばらく息をひそめ、声が遠ざかってからそっと人垣の向こう側を覗くと、足早に去っていくサイードとカリムの後ろ姿がある。

「庇《かば》ってくれてありがとう」

人垣に礼を言った。相変わらず返事はないけど、代わりに数名がうなずくような仕草で応じてくれた。まもなく届けられた塩を世話係の女性に託して部屋に戻る。

——カリムは私を助けてくれたのかな。それとも、あの場に私がいるとサイードに知られたら面倒だから、それを避けたかっただけ？

ゲスな会話をしていた婚約者と、衣装箱の中に眠る日記の「冷徹な人」と、夜に出会ったカリム。それらがどうにもうまく結びつかず、唸《うな》りながらベッドに倒れ込んだ。

——冒険はもうたくさんだ。夜に逃げ出すまで、部屋で大人しくしていよう。

結論から言えば、その夜に逃げ出すことはできなかった。

ベッドに倒れ込んだままぐっすり眠り、起きたら体調が悪くて立っていられないほどだったのだ。ふらふらする体でバルコニーから逃げ出すなんて無茶だから、諦めるしかなかった。汗ばんで気持ち悪い肌の感じからすると、たぶん熱もある。

昔から難しいことを考えると頭がパンクするタイプだったから、今回もきっとそれだろう。

部屋に夕食を運んできてくれた世話係の女性は、ベッドに沈み込んで動けない私を見て異変を感じ取ったらしく、すぐに額に手を当てて「オゥ」という顔をした。熱いらしい。

相変わらず無口ながら、汗を拭いて着替えさせて、と甲斐甲斐しくお世話をしてくれる。それに心なしか視線が優しい気がする。そんな思いに背中を押され、声をかけた。

「あの……人、大丈夫だった？」

そう尋ねると、彼女はうなずいた。

「そっか。良かった」

ベッドに横になったまま笑いかけてみた。困ったような、なんとも言えない表情が返ってくる。

「あなたは？　大丈夫だった？　サイードに何かされたりは……」

今度は首を横に振る。良かった。

「そっか」

静かすぎる会話は終わった。女性はベッドの脇に置かれていた水差しを抱え、ぺこりと頭を下げた。部屋を出ていくらしい。静かな足音と共に、ベッドを離れていく。

ゆっくりと体勢を整え、ここからは見えない彼女の背に声をかけた。

「ありがとう」

足音が止まった。どうかしたのかと、ゆっくりと体を持ち上げて扉のほうを見る。彼女は体を扉のほうへ向けたまま、こちらを振り向いていた。

「……あに、です」

「ん？」

空耳かと思うくらい小さな声だった。聞き返すと、彼女は意を決したような表情を見せる。そして体ごとこちらを向いた。

「助けてくださって、ありがとうございました。あれは私の兄です」

「そうだったんだ」

彼女の両目に涙が光っているのが見えて、なんだかこちらまで目頭が熱くなってしまう。

「たいしたことはしてないけど、でも、良かった。本当に」

なんとなく去りづらそうな様子の彼女を見て、手を挙げる。

「私と話したことがサイードにバレたら、ひどい目に遭う？」

怯えたような目をしたから、この推測は当たっていたんだとわかった。

「なのに話してくれてありがとう。もう行って」

彼女は深くうなずいた。あ、と思い立って、慌てて声をかける。

「あの」

振り返った彼女に「良かったら、名前、教えてくれる？」と問いかけたら、彼女は微笑んだ。

「リマ」

短い返事にうなずき、「今度こそ行って」と告げると、彼女はうなずいて去った。

毛布にもぐり込みながら、つい顔が緩むのを止められなかった。

——ちょっとは人の役に立てたみたい。昨日の男の子といい、気分がいいな。

星がきれいな夜のこと

優しい介抱のおかげで、体調は翌々日にはすっかり回復した。

結婚式の日が近づき、招待客らしき人たちがちらほらと王宮にやってきていた。そのせいか警備が強化され、巡回兵がいつもの三倍くらいウロついている。そうなると、なかなか王宮を抜け出すチャンスを見つけられない。毎夜膨らんでいく月を見て、気持ちばかりが焦る。

試行錯誤の末、外国から来た要人の小間使いたちに紛れてようやく王宮を抜け出せたのは、あの門番を介抱した日から三日後のことだった。もちろん今日も男装だ。

部屋に運ばれてくる食事のうち乾きものを中心に溜め込んでおいたので、前回よりも食料は豊富にある。王宮内を探検して水筒が手に入ったのもありがたい。

水筒は現代のファレシュではお土産として人気の品で、父からもらったことがあったので使い方も知っていた。動物の胃で作った袋の外側に革が貼られていて、柔らかくて軽い上、外側の革を水で濡らせば気化熱で中の水が冷える優れものだ。

前回よりも荷物が多い理由はもうひとつあった。部屋を出ようとしたタイミングで、ふと衣装箱が目についたのだ。

私がいなくなったことが知られれば、部屋を荒らされ、衣装箱の中の日記も見つかってしまうかもしれない。日記は、いわば王女の心だ。サイードにだけは読まれたくない。

かといって、この重い本をずっと持って逃げるわけにもいかない。それこそ、道端で落としたりして誰かに読まれたら大変なことになる。

――燃やす？

それが一番安全だろう。でも、日記は王女のもので私のじゃない。彼女の歩んできた道そのものを燃やすような気がしてしまって嫌だ。

どこか安全な隠し場所を……と考えて、思い浮かんだのは、とある人の顔だった。

月明かりを頼りに黙々と歩くと、ムーアの家は労せずして見つかった。どの家も扉の横に番号が書いてあるので、それを順に辿ってきたのだ。

コンコン、と木の扉を叩くと、目線の高さに設《もう》けられた小窓が開いてムーアの目元が覗いた。

「どなたですか」と不審そうな声がする。向こうからこちらの姿が見えやすいように少し戸から離れると、戸の向こう側でハッと息を呑む音が聞こえた。

小窓の目が消え、閂《かんぬき》を外す音がして、戸がキィと音を立てる。

「お早く、中へ」

短く言われ、家の中に通された。煉瓦《れんが》造りの質素な建物だ。部屋にはこれといった家具もなく、分厚い絨毯《じゅうたん》だけが部屋の中央に敷かれている。

ムーアは扉から首だけ外に出してキョロキョロと左右を確認し、さっと閉めて私に向き直った。

「一体どうなさったのですか。その格好は……」

ムーアからしてみれば、王女が男装姿で街をウロついているなど嘆かわしい事態に違いない。苛立ちすら滲《にじ》む問いに「王宮を抜け出すには、これしかなくて」と説明しながら、服の下から日記を取り出した。

「これをあなたに預かってほしくて」

「それは……」

「王女の部屋で見つけたの」

ムーアは懐かしそうに目を細め、日記を受け取る。

「王女の日記ですね。幼い頃からつけておいででした」

「サイードには絶対に見つけてほしくないから、あなたに預けるのが安全だと」

「預ける……ということは、ここを出ていかれるのですね？」

声を出さず、こく、とうなずいた。

「元いた場所へ戻られるおつもりですか？　たしか、デンキヤとおっしゃいましたか」

気まずい思いに襲われながらも首肯する。

「電器屋に……というか、元の世界にね。竜の涙を探そうと思ってる。このまま王宮にいたら探せないから、出ていかないと」

「……竜の涙がもしも見つかったとして、あなたが元の世界に戻られたらラフィ王女はどうなるのでしょう」

「それは……考えてなかった。戻ってくるのかな」

ムーアは首を横に振った。

「ラフィ様はここへ戻ることなど望んでおられないと思います。貴重な竜の涙を使ってまで、逃げ出すことを願われたくらいですから」

縋《すが》るような声に、耳を塞ぎたくなった。私にそんなことを言われたって、どうしようもない。

「もしかすると……それほど強い気持ちはなかったのかもしれないよ。責任とか、やるべきことがあるとわかっていても、どうしようもなく逃げ出したくなることってあるでしょう。一瞬、心のどこかが怯《ひる》んで『すべて投げ出してしまえたら』って。そんな一瞬の心の隙間に浮かんだ願いがうっかり叶っちゃったのかも。王女も、今は後悔しているかも」

わからないけどね、と言い添えるが、ムーアの表情は暗いままだ。

「ごめんね、力になれなくて」

彼女は何も言わない。黙って私を見据えている。その視線があまりにも痛くて、何か言わねばと、頭に浮かんだ言葉を口にした。

「王女が戻ってくるといいね」

ムーアはなおも無言だった。視線がビシビシと突き刺さってくるので、「いざ、さらば」とも言い出せず、じっと待つしかない。

息詰まるような沈黙のあと、ようやく彼女がぼそりと言った。

「元の世界は良い場所だったのですか？」

「どうかな。良い場所っていうのがどんなのかわからないけど」

「食べ物は豊富にありますか？」

「そうだね。食べるものには困らなかったかな」

そう言いながら、パソコンの修理代がバカ高くてモヤシ生活をしようとしていたことを思い出した。

「……まぁ、非常時を除けばね」

「自由はありますか？」

「うん。自由だと思う。好きな服を着て、好きな髪型をして、好きな本を読んで、好きな場所に行けるよ」

リクルートスーツを着て、皆似たり寄ったりな髪型をして、就活本を読んで、憂鬱《ゆううつ》な気持ちで面接に行ってはいたけど、少なくとも今の状況よりはずっとずっと自由だった。むしろ自由すぎて何をすればいいのかわからず、就活で行き詰まっていた。

それが贅沢な悩みだなんて、当時は思ってもみなかった。

「あなたのいたところは、とても素敵な場所だったのですね」

ムーアが微笑んだ。初めて見る柔らかな笑みだった。

――あ。

彼女の表情からわかってしまった。頭をガンと殴りつけられたような衝撃を受けた。

「あなたは……王女がここに戻ってくることを願ってるわけじゃないんだね？」

ムーアは王女を誰より案じていたはずだ。彼女の苦しい立場もわかっていた。さっきのは、私が戻るべき世界への関心ではなくて、彼女が今いる世界の確認だ。微笑みの理由は、王女が今幸せに過ごしているであろうことへの安堵《あんど》だ。

「私に……ここにいてほしい？　王女の代わりに？　生贄《いけにえ》として？」

責めるような口調になってしまった。自分でも結構強い口調だったと思ったのに、ムーアは怯《ひる》む様子を見せなかった。

「私は何も」

彼女はゆっくりと首を横に振りながらそう答えたけど、もうわかっていた。

――この人は味方じゃない。

味方を欲してここに来たつもりではなかったけど、心のどこかで「わかってくれる」と期待していたのだろう。彼女の態度がショックだったから。

「まぁ……そうだよね。ムーアには私の幸せなんて関係ないもんね。知り合ってたった数日で、助ける義理なんてないし」

そうだ。それに、私にもムーアを助ける義理はない。この国のことだって、知ったこっちゃない。私はあの『砂漠の花嫁』みたいに、仲間のために自分を差し出したりできないし、第一、ここの人たちは私の仲間ですらない。

それなのに、どうして泣きそうな気分になるんだろう。

街で出会った男の子とか、甲斐甲斐しくお世話をしてくれたリマの姿とか、サイードから私を隠してくれた人垣の背中とか、「ありがとう」って言ったときにうなずいた彼らの顔とか、目の前のムーアの目に光る涙とか。私には彼らを守るなんて大役は到底務まらないというのに、「私がいなくなったら彼らはどうなるんだろう」と大層なことを考えてしまう。

煉瓦《れんが》の壁の前に突っ立って唇を噛んでいたら、ムーアが静かに口を開いた。

「先ほどおっしゃったのは、ご自身のことなのでしょう？」

「『先ほど』って？」

「『すべて投げ出してしまえたら』、と。あなたも願われたのではありませんか」

痛いところを突かれて、ぐぬぬうと喉《のど》が鳴った。

「願いが叶って、ここにいらしたのでしょう？」

「そう……だけど。でも……」

ムーアはそれ以上言わなかった。だけど、「願いが叶ってここへ来たくせに、ここからも逃げ出すつもりか」と責められている気がした。

返す言葉もなかった。

「ラフィ様は王宮で働く人間の間で『ファレシュ最後の善意』と呼ばれていました。ラフィ様が去られた今、あなたまでいなくなったら、この国はどうなってしまうのか」

「どう……だろうね、私にはわかんないけど」

ラフィ王女は「最後の善意」だったかもしれないけど、私はそうじゃない。ただの女子大生である私がここに残ったとしても、できることは何もない。

もう何を話したら良いのか——たぶんお互いに——わからなくなって、別れの言葉も交わさずにムーアの家をあとにした。

星が明るい夜だ。迷うことなく街を抜け、大通りから交易路に続く砂漠の門へ辿り着いた。途中早足になったのは、ムーアの言葉に追いかけられているような気がしたからだ。

——あなたまでいなくなったら、この国はどうなってしまうのか。

考えまいとしても頭に浮かんでしまう。私がここを逃げ出したら、サイードの権力が今以上に強くなるのだろうか。今でさえあの横暴ぶりだ。そんなことになったら、この国には碌《ろく》な未来が待っていない気がする。それとも、他の国に滅ぼされる？　そうしたら、私の母が生きたファレシュという国はどうなってしまうのだろう。父の仕事は。母との出会いは。私の存在は。

ふと、足が止まる。

私の存在は？

——消える？

その可能性に思い至って呆然とした。そこに推しの声が割り込んでこなかったら、たぶん私はずっとその場に立ち尽くしていたと思う。

「来たな」

絶望感でヒタヒタになっていたところに軽い調子で話しかけられ、ギギギギ……と錆《さ》びついたネジみたいに首を回した。見る前からわかっていた。カリムだ。

「また夜の散歩か。そのうち来るだろうと思っていたが」

まるで私を待っていたみたいな口調でそう言われ、ようやく思い出した。この間の夜に、『王宮の外に出たくなったら、月時計が二を指す時刻に砂漠の入り口に来るといい』と言われたんだった。

賭けてもいい。いま、月時計は二を指しているに違いない。すっかり忘れていた自分の迂闊《うかつ》さを心底呪う。

――どうしよう、どうしよう。

走って逃げても追いつかれるに決まっているし、「そいじゃあ、ごきげんよう」とか言いながら歩み去るのもさぞ怪しかろう。対応を決めかねていると、カリムが微笑んだ。

「ちょうど良かった。今日は星の日だ」

王女が日記の中で「冷徹」と評したその人が、私に笑いかけてくる。もしかして同じ顔のカリムっていう人がふたりいるんじゃないかと思うほど、街で会うカリムはフレンドリーだ。

「星の日って何？」

定まらないキャラのせいで思考がとっ散らかって、優先順位で言うと下から二番目くらいのことを尋ねてしまった。

「星がきれいな日だ」

「いつもきれいじゃない？」

空気が澄《す》んでいるからか、ファレシュの空はいつでもプラネタリウムみたいにたくさんの星が見える。たくさん見えすぎて星の見分けがつかないから、オリオン座とか北斗七星とか、日本の夜空でおなじみの星も見つけられないくらいだ。

間の抜けた私の問いかけにも、カリムは笑顔を崩さない。

「今夜は特別だ」

「ふぅん、そうなんだ」

星を見上げて「ワァキレイ」とか言っている余裕は、時間的にも精神的にも皆無だ。興味のなさがプンと匂う返事をしたけど、カリムは意に介さずといった感じで砂漠のほうを見た。

「砂漠へ行くぞ」

「ええと……今夜は忙しくて」

「王宮から抜け出してきたくせに？」

「……まぁ、それはそうなんだけど」

「ほら、行くぞ」

これ以上言い訳が見つからなかったし、あまり固辞して怪しまれると余計に厄介だ。まぁとりあえず王宮と街から離れられるなら、と思い直し、一旦大人しくついていくことにした。

それに正直なところ、先ほどのムーアの言葉をゆっくり考える時間が欲しかったし、カリムのことをもう少し観察してみたいという思いもあった。

「星、ここでは見えないの?」

「街は明るすぎるからな」

現代日本と比べるとかなり暗いこの場所も、彼からすると「明るすぎる」らしい。彼に夜の渋谷なんて見せたら、どんな顔をするのだろう。昼と見違うだろうか。

「こっちだ」

彼に促され、歩き出す。

砂に足を取られながら少し進むと、聞いたことのない不思議な高い声が聞こえた。「アイアイアイアイアイアイ」でもなく「ライライライライライ」でもなく、文字にできない声だ。強《し》いて言うなら近所の保育園から聞こえてくる子供の雄叫びに少し似ている。人の声だろうか。

その声に応えるように、「ブオー」という鳴き声が聞こえた。こちらはどうやら動物だ。声の大きさからして、体も相当大きいのだろう。怖い動物じゃないといいな、と思いつつ、カリムの半歩ほど後ろを歩く。いざというときにカリムを盾にしてスタコラサッサするためだ。

ブオー、アイアイアイアイアイアイ。正体がわからぬまま、人らしき声と動物の声のやり取りを聞く。

少し進むと、火が見えてきた。アイアイアイアイのほうは人で間違いなさそうだ。

星の明るい夜だから、暗闇に目が慣れれば松明《たいまつ》なしでも足元は見えるし、歩き回れるくらいの明るさはある。ただ、十メートル先は見えない。十歩ほどの距離まで近づいて、ようやく動物の姿が見えた。

知っている動物――ラクダだ。脚を折り曲げて地面に座り込んでいる。そのすぐ近くに棒切れを持った男性がひとり。黒い長袖に黒いターバンと、闇に溶け込むコーディネートだ。服が風にはためかないようになのか、日本で言うたすきみたいな細い布を体の前で交差させて巻いている。

その彼に、カリムが声をかけた。

「アルジュ。待たせたな」

「いや」

アルジュ、と呼ばれた男性は肩をすくめ、ニヤリと笑う。この間、街で出会った少年シャフィークと一緒にいた人だ。口髭《くちひげ》と顎髭《あごひげ》を両方とも生やしているけど、きちんと整えられているせいなのか、不思議なほど不潔感はない。

「カリム、今夜は待ちぼうけを食わされなくて良かったな」

「うるさい」

軽口を交わしてから、紹介してくれる。

「こいつはアルジュ。部族の仲間だ。アルジュ、こちらは……そういえば、名をまだ聞いていなかった」

まさかラフィと名乗るわけにはいかないので、短い逡巡《しゅんじゅん》ののちに、本名を答えた。

「樹です」

「アルジュだ。よろしく。ラクダに乗ったことはある？」

「ううん、ない」

ファレシュに住んでいた頃に遠目に見たことはあるが、こんなに近づいたのは初めてだ。思っていたよりもずっと大きくて迫力がある。足なんか、私が毎朝食パンを載せていたお皿くらいある。そして臭い。かなり臭い。

王女の室内履きが元はどんな形をしていたか、ようやくわかった。分厚くて履き心地はなかなかいいが、嗅ぎ慣れない強烈な匂いが足にこびりつくので閉口していたのだ。

「じゃあ、君はカリムと一緒にドイに乗ったほうがいいな。俺はゾスに乗る」

ドイ、ゾスはそれぞれラクダの名前らしい。ドイもゾスも名前の響きからして男の子かなと気になったけど、後ろ脚の間を覗いて確認するのはエチケット違反だろうと自重した。

カリムとアルジュは松明《たいまつ》の火に砂をかけて消している。おかげで辺りがふっと暗くなった。

——カリムが悪い人だったら、ついていくのは危ないかな。でも、私に対して敵意はなさそうだし、いざとなったら「王女だ」と明かせば、最悪でも命は助けてくれるだろうな。ラフィ王女はカリムにとって、自分が王になるためのチケットなわけだから。

唐突な暗闇に少し怯《ひる》んで今更ながらそんなことを考えていたら、ラクダがまた鳴き声を上げた。間近で聞く大音量の嘶《いなな》きにも少し慣れてきた。可愛い。臭いけど。

暗さに目が慣れるにつれ、星明かりの下でラクダの姿が輪郭を取り戻してゆく。コブはひとつだな、とか、毛は固そうだな、とか思っていたら、カリムがすぐ後ろに立った。

「持ち上げるから、足を上げろ」

「持ち上げるって、何を――ぎゃあ」

色気のない声が出た。言葉通り持ち上げられたからだ。ウエストに回った手が私の体を軽々と抱き上げ、ラクダの上に乗せてくれる。背中に絨毯《じゅうたん》みたいなのを括《くく》り付けてあるけど、乗り心地はイマイチだ。

ドイだったかゾスだったか、私が乗るなりラクダは立ち上がった。立ち上がり方はなかなか乱暴で、「どっこいしょー」とでも言いたげに前後に揺れる。背中にぼさぼさと生えている毛を慌てて掴んでいなければ、ずり落ちていたかもしれない。

想像よりもかなり高い。思わず二度目の「ぎゃあ」が出た。

「あまり大きな声を出すな。ラクダは気難しいんだ。振り落とされるぞ」

「あ、ハイ、ごめんなさい。あの、か、カリム、一緒に乗るんじゃないの」

突然走り出したりしたらどうしようと怖くて動けずに固まっていたら、カリムがひらりと私の前に飛び乗った。身軽だ。

「……器用だね」

「ラクダに乗れない砂漠の男はいない」

砂漠の男。ワイルドだ。

「振り落とされないように掴まれ」

「どこに？」

「俺に」

「いや、それは」

「落ちたいなら別に止めはしないが。痛いぞ、とだけ言っておこう」

「……謹《つつし》んで掴まらせていただきます」

そう言って、カリムの脇腹あたりの服をつまんだ。

――いや、こんなにちょびっとだと、揺れたときに支えきれないかもしれない。もう少し布を。

でも、カリムの体に近づきすぎるのは。

そんなことを考えながらほど良い場所を探していたら、カリムが低い声を上げた。

「もぞもぞするな」

「ハイ、ごめんなさい」

「腰のベルトを掴め」

「あっハイ」

すっかり彼のペースだ。体温が近くて心臓が妙な跳ね方をする。

――推しの声ってだけで、推しではないんだからね。

浮かれかけた心に太い釘を打ち込みながら、カリムの腰のベルトを握りしめた。

ラクダの「どっこいしょー」は、乗っている間ずっと続いた。ものすごく揺れる。おまけに、歩くのがめちゃくちゃ速い。顔が少しおっとりして見えるからか、勝手にノソノソしたイメージを抱いていたけど、どうやら間違っていたみたいだ。

前後左右に激しく揺さぶられながら、カリムの背中に声をかけた。

「どこ行くの？」

「砂漠だ」

「それは聞いたけど。砂漠のど――っこブフォッ」

突然の大きな揺れでカリムの背中に顔から突っ込んでしまった。

「大丈夫か」

「うん」

モゴモゴと答える。

「目的地は着けばわかる」

映画で敵の車に乗せられてこんなセリフが出てきた日にゃ、そのあとは手に汗握る展開が待っているのがお約束だ。

――大丈夫なのかな、私。

ごくり、と唾《つば》を呑む。

私の緊張なんか知ったこっちゃないラクダはといえば、よほどご機嫌なのか、サッササッサと駆けていく。砂の上でも歩きにくそうな様子はなく、器用に進んだ。

カリムがときどき右手に持った細い棒と脚でラクダのお腹や首筋をポンポンと叩いて方向の指示を出しているようだ。左手では細い手綱を器用に操っている。ラクダの首に緩く綱をかけただけなのに、どうやって操っているのかまるでわからない。私がひとりで乗ったら一瞬で振り落とされるのだろう。

見上げた空には星がちりばめられ、ちょうど真正面に天の川が見えた。そこだけ空が明るい。黒と紫と群青と赤の絵の具を混ぜたところに無数の白い点を散らしたみたいだ。

「イツキ」

雄大な自然を前に自分の小ささを感じていたら唐突にカリムから呼びかけられ、ヒョ、と喉《のど》が鳴った。

息を呑んだせいだ。

その名前を最後に呼ばれたのはいつだったか。あの日大失敗した面接で、ただの識別記号として「ハヤミイツキさん」と呼ばれたのが最後だった気がする。

――変なの。ここへ来て初めて私の名前を呼んだのが、カリムだなんて。

「イツキ、か」

カリムは口の中で何度か「イツキ」とつぶやいた。確かめるような口調だった。

「本当の名か？」

ドキリとした。

「うん。そうだよ。どうして？」

「さっき名を聞いたとき、答えるまでに間があったから」

「……本名だよ」

紛れもなく本名だ。私は「速水樹」だ。ラフィ王女の体を借りて、王女を名乗っているけど、本当は違う。私はいつだって私だったはずなのに、「イツキ」という名前に妙な懐かしさすら感じたから、どこかで「ラフィ」という名前に馴染《なじ》んでしまっていたのかもしれない。

お腹の下のほうからこみ上げてきたものをなんとか押しとどめる。悲しいとも嬉しいとも違うのだけど、なぜだか泣きたくなった。

「君の故郷ではよくある名なのか」

「よくある……かな。まぁ、うん。すごく多いってほどじゃないけど、いるよ」

「そうか」

「故郷でね」

どうしてこんな話をカリムにしようと思ったのか。無意識に話し出していた。

「イツキって『木』のことなの。根を張って強く生きるようにって」

「そうか。いい名だな」

「うん。そうなんだよ」

この名前を付けてくれた父の顔が浮かんだ。

私がいなくなったことに、父はいつ気づくだろう。気づいたらどんな反応をするのだろう。いかんせん変わった人なので「竜の涙はホンモノだった！」と喜びそうな気もするけど、私がいなくなったことを寂しくは思ってくれる気がする。

私にとって父がそうであったように、父にとっても、私は残された唯一の家族だから。

「カリムは……家族はいないの？」

ふと尋ねてみた。その問いに深い意味はなかったけれど、カリムの背中がこわばるのがわかった。

「砂漠の人間はみな家族だ」

「……そっか」

はぐらかされた。

――聞かれたくない質問なのかな。気になるけど、これ以上踏み込んだら嫌がられるかな。

迷っていたら、私の逡巡《しゅんじゅん》を感じ取ったらしい彼が静かに言った。

「同じ親から生まれたという意味の家族なら、弟がひとりいる。もう長らく会っていないが」

「仲が悪いの？」

「いや、良かった」

良かった。過去形か。これ以上は聞いてほしくなさそうだ。きっと何か事情があるのだろう。

これ以上詮索しないほうが良さそうだと思ったから、「この話はもう終わり」って感じに、ひとつ深呼吸をした。

ぎゅむ、ぎゅむ、と、ラクダの足が砂を踏む音がする。

「イツキ」

「なに？」

「何かあったのか」

「何が？」

「この間と顔つきが違っていたから」

ドキ。

「……顔つきって？」

「この間は挑むような顔だったのに、さっきは途方に暮れて見えた」

ムーアに言われたことを考えていたせいだろう。でも、本当のことをカリムに話せるはずがない。

「……暗いから、そう見えたんじゃないかな」

「そうか。気のせいならいいんだ」

顔を見られなくて良かった。もし目を見て同じ質問をされていたら、うまく誤魔化《ごまか》せなかったかもしれないから。

なんとなくだけど、会ってすぐじゃなく、ラクダが歩き出してからこの問いを投げかけてきたのは、彼の気遣いなんじゃないかって気がした。

「……カリムだけだよ」

「ん？」

「ボクのことなんか気にかけてくれるの、カリムだけだ」

「俺が気にかけていることが伝わったなら、良かった」

思いがけない優しい口調だった。ありがとう、と言いたかったのに言葉に詰まってしまう。視界がモヤモヤしてきたので、慌てて目に力を入れた。鼻の奥がツンとして、ちょっと水っぽい鼻水が垂れてくる。なるべく音を立てないようにズゾ、とすすった。

――どうして、よりによってカリムなんだろう。

ムーアとの会話のあとだったから余計に、自分を心配してくれる人のありがたみが身に染みる。

堪《こら》えきれずに一滴こぼれてしまった涙を肩で拭っていたら、びううう、と強い風が吹いた。頭から離れて飛んでいきそうなターバンを片手で必死に押さえる。途端にバランスを崩しそうになって、慌ててまたカリムのベルトに両手でしがみついた。ガキン、と硬い音がする。

「あ、ごめん。なんか触っちゃった」

「もう少しベルトの前を持て。そこは剣があるから掴みにくいだろう」

「剣……？」

「そうだ」

「武器ってことだよね」

「そうだな」

「何に使うの……？」

ごくん、と唾《つば》を呑んだ。緊張感でベルトを掴む手にも力がこもる。

私が身構えたのがわかったのだろう。カリムは呆れた様子で聞いてくる。

「イツキは俺たちのことを何も知らないのか」

「……世間知らずで、すいやせんね」

「隊商《キャラバン》の護衛や要人の警護が我々の仕事だ。遊牧だけで部族を養うのは難しくなったから、今はむしろ警護の仕事が主なんだ」

ファレシュにやってくる商人たちは街で飢えと渇きを癒し、カリムたちの部族に守られてまた砂漠を旅するのだ、という。交易で栄えるファレシュならではの職業なのだろう。そういえばムーアが、カリムはサイードの護衛をしていたと言っていたな、と思い出し、ふむふむと納得する。

「そっか。カリムたちは守るほうだったんだね」

「……守るほうじゃなければなんだと思ったんだ」

「ええと……襲うほう、かな」

だって、サイードとの会話で「片付いた」なんて言っていたし、真相は違ったけど、少年シャフィークの誘拐騒ぎの印象も強いし。テへ、と笑いながら答えると、カリムが低く唸《うな》った。

「仲間の前では絶対に言うなよ。砂漠の男たちは誇り高いんだ。怒らせると怖い」

「ご……ごめんなさい」

しょげているのが伝わったのか、カリムがククと笑う。

「もう気にするな。ほら、着いたぞ」

辺りを見渡すと、そこは野営地のようだった。大きなテントがいくつか張られている。キャンプでなじみのあるテトラパックみたいな三角テントではなく、直方体に近い形だ。屋根になる大きな布を木の棒で支えているらしく、屋根の中央が張ってツンと尖《とが》っている。

テントの周りには焚《た》き火がいくつも見えた。

「予定より早く着いたな。まだ時間がある」

そう言いながらカリムがラクダの頭を棒で軽く叩くと、ラクダが座る。またしても「どっこいしょー」だ。縦揺れが強くて、少し首に来た。

先にカリムが降り、私がモタモタと降りるのを手伝ってくれる。

「時間、どうやってわかるの？」

時計がないので、私にはさっぱりだ。暗ければ夜、明るければ昼、くらいしかわからない。

「月の位置でわかる」

「すごいね」

「砂漠の人間は月と星と雲を頼りに生きているからな。時間も方角も、雨の降る場所も、すべて空が教えてくれる」

そう言いながら、カリムは空を仰いだ。満天の星の下がよく似合う。幸せそうだ。

と、ラクダの「ブオー」に混じって、聞き覚えのある鳴き声が耳に届いた。

「あ、これって馬の声？　馬もいるの？」

カリムに声をかけた。彼はうなずき、「ついてこい」って感じに首を傾ける。

彼の後ろをついて歩くと、テントが並ぶ端っこに馬がつながれていた。星明かりの下でも、毛艶が良く賢そうな顔をしているのがわかる。

「かっこいい」

「イツキは馬が好きか」

「うん、まぁね。好きなほうかな」

馬の声に反応したのは、少しでも知っているものに触れて嬉しかっただけで、特段馬が好きというわけではない。動物園ではキリンが一番好きだった。それを伝える気にはならないけど。

カリムが歩くのについて、私も馬に近寄る。

「それがカリムの馬？」

「ああ。マルカブはこの砂漠で一番速い馬だ」

少し得意げだ。

――ん？　ちょっと待って。

ムーアはたしか、カリムがサイードに贈った馬が砂漠一だと言っていたはずだ。

「ええと、砂漠一速い馬は王宮の厩《うまや》にいるっていう噂を聞いたことがあるけど」

隣でカリムが笑った気配があった。

「そういうことになっているんだ」

「……なるほど。王宮にいるのは砂漠で二番目ってわけね」

「もしかしたら三番目かもな」

カリムは軽く言って肩をすくめる。

サイードの前で急に冷たくなるカリムの態度を「虎の威を借る狐」と思ったことがあったけど、どうやらこの狐は虎を欺《あざむ》いているらしい。

――ふぅん、サイードの腹心ってわけでもないのかな。

敵の敵が味方とは限らないけど、少なくともサイードに完全にひれ伏しているわけではないとわかって、少し安堵《あんど》する。

マルカブがぶるる、と鼻を鳴らした。その鼻面の横を、カリムを真似てそっと撫《な》でてみる。嫌がっている様子はない。良かった。

「部族の人たちって、ここにいる人たちで全部？」

「いや。違う。彼らはほんの一部で、テントの設営を手伝ってくれたんだ。部族の本体は別の場所にキャンプを張っている」

「そうなんだ。このテントは星を見る用ってこと？」

「ああ。外国から客人が集まっているから、彼らをもてなすためにな」

結婚式のために国内外から集まる偉い人たちのことだろう。

「お偉方も案内するの？」

「そうだ」

「いつ？」

「一度に全員は案内できないから、少しずつだ。警備の都合で詳細は言えないが」

「そっか」

「お偉方が来ると子供たちは来られなくなるから、先に案内することにした。今日王宮を抜け出せたイツキは運がいい」

「運がいい」というファレシュ語は、「星がきれい」と同じだ。こういうところから、この単語ができたのかもしれない、と思った。

「子供たちの到着はもう少し先だな。それまであっちのテントで少し休むといい。時間が来たら起こしてやるから」

カリムが指さしたほうを見ると、いくつも張られた大きなものとは違い、小ぶりのテントがひとつ、隅《すみ》っこのほうに遠慮がちに立てられていた。

「奥に寝床もある。自由に使ってくれて構わない」

「寝床？」

「少しでも寝ておきたいかと思って。夜が明けたらすぐに仕事だろう」

「ありがとう。ご厚意に甘えて遠慮な——待って、『自由に』ってことは、あれって、もしかしてカリムのテント？」

「不服か」

「いや、えっと、いいの？」

「何がだ」

「その……ボクはあっちのテントでも」

たくさん人がいるらしい大きなテントを指すと、カリムが眉を寄せた。

「王宮をこっそり抜け出してきているんだろう？　あまりいろんな人に顔を見られないほうがいいんじゃないのか」

「……そうだね。でもやっぱりテントを占領しちゃうのは悪いし、外で待つよ。星見てたらすぐだと思うし、その辺をちょっとブラブラ——」

「丸腰でか？」

「『丸腰』って？」

「この辺りは夜になるとジャッカルがうろつく。若い人間の肉は柔らかいから、奴らも大喜びだろう」

「ジャッカル……」

記憶が間違いじゃなければ、オオカミとキツネのミックスみたいな形の肉食獣だったはずだ。動物園で見たことがあるような、ないような。

「テントに入る気になったか？」

「ええ、なりました」

もう反論の材料が見つからなかった。促されるまま入り口の布をくぐり、深呼吸してテント内を見渡した。外から見た印象よりも中は広々としている。色鮮やかな絨毯《じゅうたん》が幾重にも敷かれた居心地の良さそうな空間だ。

明かりは天井からぶら下がったガラスのランタンがひとつだけ。複雑なカットのガラスに乱反射した光がテント中に長く伸びて、空間を温かなオレンジ色に染め上げている。中央には囲炉裏《いろり》みたいに四角く区切られたスペースがあり、ひょうたんみたいな形をした金属の器がいくつか置かれている。

「あ、鳥だ」

テントの隅《すみ》に止まり木が置かれ、そこに大きな鳥の剥製《はくせい》がくっついていた。

「鷹《たか》？　——わっ」

私に続いてテントに入ってきたカリムに尋ねながら近づくと、剥製《はくせい》が動いた。

驚いて後ずさりしたら、蹴躓《けつまず》いてバランスを崩す。

――あっ、転ぶ……

目をつぶって衝撃を覚悟したけど、力強い腕に体を支えられて転ばずに済んだ。

「大丈夫か」

「……ごめん」

「別に謝るようなことじゃない」

慌ててカリムの腕から離れ、鳥に近づく。全体に茶色っぽく、くちばしと足が黄色い。顔立ちは凛々《りり》しく、丸い目でこちらを見つめている。鳥は目をショボショボ、と二度瞬いた。

「もしかして、私が入ってきたから起こしちゃったかな」

ごめんね、と鳥に話しかけた。

「いや、大丈夫だ。ちょうど、そろそろ起きる時間だから」

「夜行性なの？」

「ほとんどの鷹《たか》は昼間に活動するが、彼女は夜に活発になる種なんだ」

「そうなんだ」

答えながら、つやつやの羽を見つめた。

「きれい……」

思わずため息が出た。

「美しいだろう。マラガ、という名だ」

カリムはそう言いながら、革の手袋をして止まり木の傍に腕を差し出した。マラガは大きな翼を広げ、バサバサと羽ばたきながらカリムの腕に移る。

「ええと……飼ってるの？」

翼を広げた大きさに圧倒されながらそう尋ねると、カリムはうなずいた。

「ああ。狩りのためにな。イツキも止まらせてみるか」

「へ？」

「これを」

カリムから手袋を渡された。

「あっ、止まらせるって、腕に？　マラガを？」

「そうだ」

「あ、うん、やってみたい」

そう言いながら手袋をはめる。大きくてぶかぶかだ。手袋の指の先が余ってヘナヘナしている。それをなんとか収めようと反対の手で指の根元まで押し込んでいたら、カリムが低く笑った。

「小さな手だな」

「カリムが大きいんじゃないの」

そう答えながら、カリムに誘導されるままにマラガに腕を近づける。イコール、カリムの腕に自分の腕を近づけるということでもある。

「怖いか」

少し躊躇《ためら》ったのに気づかれたらしい。カリムから問われ、首を横に振る。

「ううん」

ぺったり腕をくっつけるのがちょっと気まずかっただけで、マラガが怖かったわけではないし。

「重いぞ」

「うん」

カリムがそっと腕を揺らすと、マラガがまた翼を広げ、片足ずつ私の腕に移る。

ずし、と手首に重みがかかった。

「お、おも……」

「そう言っただろう」

分厚い革の手袋をしているのに、鋭い爪が食い込むのを感じる。ただ止まっているように見えて絶妙にバランスを取っているらしく、マラガの体が揺れるたびに食い込みが深くなった。

「大丈夫か」

「うん」

少しすると、マラガは小さく唸《うな》るような「グル」という声を上げ、私のほうを見た。黄色い目がまっすぐにこちらを見つめている。

「イツキのことが気に入ったらしい」

「そう？」

「今のはそういう声だ」

「そっか」

受け入れてもらえたみたいで嬉しくて、マラガを見つめ返す。鱗《うろこ》のような模様のついた羽が、照明の光を受けてつやつやと光っている。

「本当にきれいだね」

見惚れてしまうほどだ。鋭く鉤《かぎ》のようになったくちばしも、大きな体も、鋭い爪も、恐ろしいというよりも美しい。何より、黄色く賢そうに光る目が。

「鋭いのに優しそうな、いい目をしてるね」

――どこかでこの目を見たことがあるような。

鷹《たか》と見つめ合うのは初めてのはずだけど、さて、どこで見たことがあるのだったか。テレビか何かだろうか、と考えながら、吸い込まれそうな美しい瞳を見つめていた。

しばらくそうしてうっとりと見つめ合ってから、マラガを止まり木に戻す。

「じゃあ、俺は外にいるから。イツキは少し休め」

そう言ってカリムはテントを出ていった。

はぁい、と答えたものの、落ち着かない。どこに座ったらいいのかすらもわからない。

カリムたちの部族にとって、テントは家。つまりここは、いわば彼の自宅のようなものだ。そんなプライベートな空間にひとりで放り込まれて「好きにしてろ」なんて、できるはずがない。マラガが首をかしげてこちらを見つめているのも、なんとなく気まずい。

結局すぐにテントから顔を出した。

カリムはテントのすぐ傍の焚《た》き火の横にいて、薪《まき》を足していた。

「あの」

テントを出て、焚《た》き火のほうへ近づく。

「あの、ここにいていい？　カリムの傍なら、ジャッカルが来ても大丈夫でしょう？」

「眠っておいたほうがいいぞ、本当に」

「大丈夫。テントにあった毛布だけ借りるね」

焚《た》き火の横に、座るのにちょうどいい丸太が置かれている。カリムはその中央に陣取っていたけど、私が近寄ると端に寄ってスペースを開けてくれた。座れ、ということか。

テントから持ち出した毛布を体に巻き付け、ぎゅっと握った。毛布から嗅いだことのない香りが漂《ただよ》ってきて、なんだか落ち着かない。臭いわけじゃなく、草と砂の匂いがする。

「座らないのか」

「うん、大丈夫」

座らないからといってどうして良いかわからず、焚《た》き火の近くに突っ立っている。

「あの、それ」

「ん？」

カリムの横に置かれていたベルトを指さした。腰に巻いていたのを外したらしい。分厚い布に刺繍《ししゅう》の施《ほどこ》された、おしゃれなデザインだ。短い剣が何本か刺さっている。レターオープナーみたいな細い剣が一本と、三日月みたいに曲がった剣が一本と、ひときわ派手なのが一本。

「きれいだね」

派手なのを指して言った。宝飾品には全然詳しくないけど、柄《つか》に埋め込まれているのが本物の宝石だとしたら、ものすごく高価なのは明らかだった。ピカピカを通り越して、ビカビカしている。他の部分も金ぴかだ。

私の視線の先を辿って、カリムが剣を持ち上げた。

「ああ、これか」

炎に照らされて、柄《つか》の宝石が黄色く光る。

「以前、某国の富豪の命を救ったときに賜《たまわ》ったものだ。実戦で使うことはないが、お守り代わりにいつもぶら下げている」

「そっか」

会話が終わってしまった。

訪れた沈黙をどうしようかと考えあぐねてソワソワしてしまう。

「イツキ。この剣はあげられないぞ」

ソワソワしていたせいで、欲しがっていると思われたらしい。

「欲しいなんて言ってないよ」

「じゃあ、何をソワソワしているんだ」

「ソワソワなんて……」

している自覚があるので、「していない」とも言えなかった。

「もしかして、ひとりだと眠れないのか？　それなら添い寝してやろうか」

「えっ」

聞き返しながら、カリムと距離をとった。

カリムはそんな私を見て笑っている。冗談だったらしい。なのに変な反応をしてしまった。

「ほう」

カリムがニヤ、と笑う。

「なに、その楽しそうな顔は」

「イツキ少年は男に添い寝されると落ち着かない、ということかな。王宮で働いていたら、皆一緒に眠るだろう」

カリムが「少年」を強調したのが気になった。

「そう……だけど」

「それならなんの問題もないな」

「いや、問題は……」

「あるのか？　たとえばどんな？」

挑むような口調だった。それで悟った。バレている。

「なんのこと？」

誤魔化《ごまか》そうとしてみたけど、カリムの表情から無駄な足掻《あが》きだと諦めた。

問題は、女だということだけがバレているのか、王女だということまでバレているのか、だ。

「……気づいてたんだね」

目的語をあえてボカして慎重にそう問いかけると、カリムは「そうだな」とうなずいた。

「この間、夜に見かけたときから気づいていた」

「どうして……」

「勘、だな。動きや反応が男じゃないと思った」

「そっか」

どうやら、バレたのは女だということだけらしい。王女だとバレるよりはだいぶマシなので、ホッと息をつく。

「……イツキは変な奴だな。貞淑なのか大胆なのか。まるでわからん。夜にひとり男装姿で王宮を抜け出して街をウロつく癖に、ラクダに乗るときに体に掴まるのには躊躇するし、男との添い寝は落ち着かない、と」

言葉に詰まっていると、カリムが眉を持ち上げ、続けた。

「それとも、俺に添い寝されると落ち着かないのか」

「……うぬぼれ屋だってよく言われない？」

「君は、わかりやすいってよく言われないか」

「……言われる」

クク、とカリムが笑った。私の心の動きなんてすっかり見透かされているみたいだ。

その笑顔を見ながら、これまでとは全然違った意味で「危ない」と思った。

「もう諦めろ。別に君が女だと言いふらしたりはしない。男のふりをしてくれていたほうが、俺も都合がいい」

「……わかった。ありがとう」

そう言いながら、慎重にカリムと距離をとった。女だと認めた以上、距離をとるのに躊躇《ためら》う必要はない。

そんな私の意図を悟ってか、カリムが立ち上がり、焚《た》き火の向こう側へ移動して胡坐《あぐら》をかいた。

「あ、私がそっちに」

「いい。そこに座ってろ」

カリムはそう言って顎《あご》で丸太を示した。

ふたりの間にある炎が静かに燃える。焚《た》き火といえばパチパチという音がつきものだと思っていたけど、とても静かだ。薪《まき》が乾燥しているせいかもしれない。

座れと言われて大人しく座るのも癪《しゃく》だし、座りたくない事情もあったし、沈黙が気まずくて、立ったまま先ほどの話の続きをすることにした。

「さっきの……大胆なのか貞淑なのかって話だけど」

「ああ」

「貞操は大事にしてるほうだけど、王宮の外に出たいっていう夢を諦めきれなくて」

「それを両立するのは簡単じゃないぞ。見つかったのが俺で良かったな」

「うーんと、それはどうかな。ちょっと、わからないけど」

迂闊《うかつ》にも今、ふたりきりなわけで。焚《た》き火の向こう側にいるのが髭《ひげ》もじゃのオジサンだったら、私の心臓はこんなに不安定な状態にはならないような気もするし。

なおも突っ立っている私を少し呆れた様子で見上げながら、カリムが言う。

「心配しなくとも、何もしない」

「まぁ、それはそうだろうけど」

「テントの中にいたくないのはわかった。外にいてもいいから、座っててくれ。そう歩き回られると落ち着かない」

「いや、これはその……」

「なんだ」

「座る代わりに立っててもいいでしょ」

「突っ立ってるつもりか。まだ皆が集まるまで時間があるぞ」

「いいよ、立ってられるから」

「座らない理由を言え」

黒い瞳に焚《た》き火の炎が映り込んでいるのが見える。その目で見つめられると黙っているわけにはいかなくて、観念した。

「その……お尻が痛くて」

「尻？」

「ラクダの背中で揺られてるうちに、その」

「なんだ」

「柔《やわ》な肌が」

「肌？　何を言っているんだ」

オブラートに包んでも無駄そうなので、一気に言った。

「尻の皮が剥《む》けた」

カリムは一瞬驚いた顔をした。それから下を向き、肩を震わせてクク……と笑う。

「……話さなければ良かった」

「薬を塗るか？」

「あるの？」

「作ればな。この部族にそんなに柔《やわ》な尻の持ち主はいないから、用意はしていない」

「すみませんね。外国の要人を案内するときには、用意しといたほうがいいと思うよ。柔《やわ》な肌の持ち主が何人かはいるかもしれないし」

「要人は、尻の皮が剥《む》けても素知らぬ顔でいるんじゃないか」

「私も素知らぬ顔でいたのに、カリムが追及するから」

「イツキの素知らぬ顔はわかりやすすぎるからな」

ぐぬぅ。反論が思いつかない。

黙った私を前に、カリムはやっぱり面白そうな顔でテントのほうを示した。

「尻が痛いなら余計に、テントで横になっていればいい。尻を上にすれば痛みも少ないだろう」

「ううん、いい」

この人の寝床で寝られるわけがない。笑顔を見ただけで心臓がおかしな動きをするのに。

「頑固だな」

「それは褒め言葉として受け止めるよ」

「褒めてはいないが」

「コロコロ意見の変わる人が好み？」

「そうは言っていない」

「じゃあ、いいでしょ」

今度はカリムのほうが引き下がることにしたらしい。小さなため息みたいなものを鼻から吐き出して、彼は立ち上がった。

「ちょっと待ってろ」

そう言い残し、カリムはテントに入っていった。

――「鼻っ柱の強い女は面倒」と言っていた割に、あんまり面倒臭そうじゃないなぁ。

遠慮なく強靭《きょうじん》な鼻っ柱を見せつけているつもりだけど、嫌がっている風ではない。私が壊滅的に鈍感で、めちゃくちゃ嫌がられていることに気づいていない可能性もゼロではないけど、カリムの表情からしてそれは考えにくかった。

謎は深まるばかり、とひとり悶々《もんもん》としていたら、カリムが何やら草のようなものを手に戻ってきた。そしてまた焚《た》き火の前に座り、焚《た》き火の周りを固めていた石でごりごりとすりつぶし始める。

無駄のない、慣れた手つきだ。

その手元を見つめながら、地面にしゃがみ込む。尻をつけなければ痛くない。王女の筋力だとしゃがんだ姿勢が安定しなくて、ゆらゆらしながらカリムに問いかけた。

「ねぇ、カリムは偉いの？」

カリムがじっとこちらを見つめる。

「偉くはない。なぜだ。俺が偉そうに見えた、ということか？」

「ううん。ただ、通りすがる人が頭を下げてたから。この間王宮の門番と話してたときも、ここでも。人を従える権力を持ってるのかなって。それにほら、ひとりだけ別のテントだし。特別扱いなのかと」

カリムはまた手元に視線を戻した。ゴリ、ゴリ、と葉を擦《こす》る。そこに、近くのポットから何か液体を少し垂らし、また擦《こす》る。

「我々の部族には上下関係はない。みな同じ仲間だ。必要なときは互いに手を貸す。そうして成り立っている」

「そうなんだ。王様はいないの？」

葉の形がなくなって、緑色のかたまりになっていく。

「いない。長老はいる。部族に伝わる伝統や知恵を次の世代に伝えてくれる。それから、部族の若者を束ねる者もいる。意見が割れたときの仲裁が主な役割だ」

「その『束ねる者』はどうやって決まるの？」

「皆で選ぶ」

「カリムはその、『部族を束ねる者』なんだね?」

ハチミツ色の瞳がこちらを見つめる。揺れる焚《た》き火を映し込んだその目を見て「あ」と思った。

カリムの鷹《たか》、マラガの目に既視感があったのは、これだ。飼い主に似ていたんだ。

鋭いのに優しそうな目が私を捉え、ゆっくりと焚《た》き火に移った。

「今はな」

「いつから?」

「二年前からだ」

「この先もずっと?」

「いや。近くアルジュがこの地位につく」

「どうして?」

「時が来たから」

その『時』が何を意味するのか、私は尋ねなかった。尋ねなくても知っているからだ。カリムは王女と婚約していて、じきに王になる。

それに、尋ねたらきっとカリムは嘘をつく。彼に嘘をつかせたくなかった。正確には、彼に嘘をつかれたくなかった。

「王様みたいに、地位が子供に受け継がれるわけじゃないんだね」

「ああ。そもそも俺はよそ者だしな。砂漠で拾われた」

「そうなんだ。子供の頃に?」

「いや。九年前だ」

即答だった。数えたり、考えたりする様子はなかった。まるでその年月をいつも噛み締めてるみたいだ。

九年。カリムの正確な年齢はわからないけど、見た目からするとアラサーだろう。つまり、砂漠をさまよっていたのは十代の後半か二十代の頭。この国ではもう「大人」と見なされる年頃だ。

『拾われた』という表現が少し気にかかったが、尋ねないでおいた。仲が良かった弟さんのことといい、きっと何かの事情があるのだろうから。

カリムの手元で出来上がっていくものが何かわかった。サイードに叩かれたときに世話係の女性リマが届けてくれた、あの緑のドロドロだ。

「この薬……」

「知っているか」

「うん。前に、怪我をしたときに」

「手に入ったのか。運がいいな」

「運？　どうして？」

「この部族に伝わる秘薬だ。部族以外の人間の手に渡ることはごく稀《まれ》でな」

「そうなんだ」

私の頬に塗られた薬も、部族の誰かが作ってくれたのだろうか。

――もしかして、カリムが？

そんな風に思ってしまう。そして、その考えを懸命に打ち消す。

――そんなはずない。カリムはあの場にいたのに、叩かれる私を助けてくれなかった。それなのに薬を届けるなんて、ありえない。

困るのは、王女として接するカリムとイツキとして接するカリムが、まるで別人のように思えることだ。王女には冷たいのに、私には優しい。どちらが本当の彼なのかわからない。

わからないのはそれだけじゃない。逃げるべきか、残るべきか。逃げたらどうなるのか。

「……砂漠の人たちはさ、伝説にも詳しいんだよね？」

「ああ。街と違って娯楽が少ないから、夜は焚《た》き火を囲んで物語を聞くんだ」

「じゃあ、『砂漠の花嫁』の話も？」

カリムがベルトの短剣を抜いた。出来上がった緑のドロドロを石から掬《すく》うのに使うらしい。ちょうど、まな板の上で切った野菜を包丁で掬《すく》って鍋に入れるときみたいに。

「有名だからな。部族の人間じゃなくても知ってる」

「カリムも、竜に嫁《とつ》ぐ？」

彼は眉を寄せた。

「君は一体なんの話をしてるんだ」

「自分を犠牲にしてまで、仲間を助ける？　この間言ってたでしょ、『助けられない事情がなければ助ける』って。自分を犠牲にするっていうのは『助けられない事情』にならない？」

こんなことをカリムに尋ねたのは、他に聞く相手がいないからだ。

「たぶん……同じことをする」

「自分を犠牲にするの？」

「それはきっと『犠牲』ではないからな」

「……どういうこと？」

「『仲間を守りたい』っていう自分の願いを叶えるための行動だ」

彼は「自分の」というところを強調しながら言った。

「そっか。そうかも。私も、そうかも」

寒そうな男の子を放っておくのは「私が」辛かったから服をあげたし、苦しそうな門番を放っておくのは「私が」嫌だったから、できることをした。それだけだ。

「竜の花嫁は、最後まで自分の願いを貫いた」

「最後って？　幸せな結婚生活を送ったってところ？」

「子供向けの話は結婚したところで終わるが、続きがあるんだ。そのあと、竜は花嫁の心が自分のもとにあるのかわからず、苦しんだ」

しゃがんでいるのが辛くなって立ち上がった。カリムはこちらを見ずに焚《た》き火を見つめている。

「竜はいつしか花嫁を愛するようになっていた。だが、花嫁は仲間の命のために自分自身を差し出すような人だ。花嫁が竜の傍にいるのは仲間のためで、自分を想っているわけではないのかもしれない。竜はそう考えた。愛すれば愛するほど不安は膨らみ、やがて竜はある思いに取りつかれるようになった」

カリムの語り口は淡々としている。だけど、苦悩する竜の姿は容易に想像できた。砂漠の真ん中で、降り注ぐような星に囲まれているからかもしれない。

「『愛する者など作るべきではなかった。誰かを愛するということは、自分を支配する力を与えることだから』と」

あ、と思った。そのフレーズだけ知っていた。

父が話してくれたことがあったからだ。誰かを愛すると、その人の言動ひとつで幸せにも不幸にもなる。私が好きな声優の結婚を知ってひと晩泣いたみたいに、恋や愛には相手の感情や、時に生活まで支配する力がある。

父は『だからお母さんには、お父さんを支配する力があるんだよ』と笑っていた。その母を亡くし、父はそれまで以上に研究に没頭するようになった。時に娘の存在を忘れてしまうほどに。

「竜は花嫁を殺してしまおうと考えた」

物騒な言葉に、思考を引き戻された。

「え？　殺す？」

「竜は長く孤独で、そういう生き方しか知らなかったんだ。誰かに自分を支配されることに耐えられなかった。眠る花嫁に忍び寄り、細い首にそっと鋭い爪を添わせた。でも、花嫁の寝顔を見たら、爪を動かせなかった。『自分にこの愛しい人を殺すことなど決してできない。すでに彼女に支配されているから』と。それから竜は苦しみから抜け出す方法を考え続け、ようやく答えに辿り着いた。彼女を本当に愛するならば、自分のもとから解放してやるべきだと」

「……竜、いい奴だね」

カリムは一度こちらに視線を寄越した。

「答えを得ても、竜は大いに苦しんだ。しばらく経ったある日、竜は花嫁に『誕生日の贈り物として三つの願いを叶えよう』と申し出た。花嫁が竜のもとを去ることを望めば、それも叶えてやるつもりだった。花嫁はしばらく悩んで、願いを告げた」

ただのおとぎ話なのに、カリムが語ると信じてしまいそうだ。

「ひとつめは、『どうかこの地の水が絶えることなく、湧き続きますように』」

そう言ってカリムは遠い天の川を見つめた。

「ふたつめは『どうかこの砂漠がいつまでも、人々を外の敵から守りますように』、そして三つめは」

ごく、と喉《のど》が鳴る。

「『命尽きるときまで、竜の傍にいられますように』」

ほ、と息を吐いた。

「花嫁は竜の不安に気づいていた。竜がどんな思いで自分の願いを叶えようとしてくれたかもわかっていた。そんな竜をこそ、花嫁は愛した。だから生涯傍にいたいと願ったんだ。竜はようやく苦しみから解放され、生まれて初めて涙を流した。その涙が砂漠に落ちると、小さな石になった」

「あ、もしかしてそれが……」

「そう、竜の涙だ。石は砂と共に砂漠のあちこちに散らばった。石には竜の力が宿っていて、拾った者の願いを叶えてくれる、と言われるようになった」

二人で火を見つめる。

「イツキは竜の涙が欲しいか？」

「うん、そりゃあね」

「手に入ったとしたら、何に使う？　故郷へ帰りたいか？」

迷わずうなずくはずだった。

日本に帰りたい。父に会いたい。友人にも会いたい。

でも、それだけじゃなかった。ファレシュが平和であってほしい。父の愛する歴史が変わらず、母を育《はぐく》んだあの美しい国であってほしい。

うなずけなかったのは、このふたつの願望がいずれかしか叶わないと、もうわかっていたからだ。

私がここを逃げ出せば、ファレシュの歴史は変わってしまうに違いない。カリムが王になることはなく、サイードはなんとかしてあの地位にとどまろうとするだろう。この国が良い方向に向かうとは、とても思えない。

――私のせいで、ファレシュの歴史を変えてしまうの？　それがどんな結果をもたらすのか、想像もつかないのに？　それを私は望んでいる？

「帰りたくないのか」

「……ちょっとね、複雑で」

「そうか」

カリムはそれ以上尋ねなかった。

「カリムは？　手に入ったら、何を願う？」

軽い気持ちでそう問い返したら、彼は首を横に振った。

「願うことはない」

「へ？」

「かつては石を欲したこともあったが。今は、自分の力で叶えることに決めたから」

——その願いって、たとえば「王になる」とか？

そう思ったけど、口から出たのは月並みな「そっか」という相槌《あいづち》だけだった。

緑のドロドロを入れ終えた小瓶に蓋《ふた》をしながら、カリムが言った。

「イツキ。これを持っていけ。王宮に戻ってから——」

「『尻に塗れ』って？」

「そうだ」

「ありがとう」

受け取り、お礼を言った。王女のもとに届けられたあのときの小瓶と全く同じ瓶に入った、同じ色のドロドロ。

——きっと、あの薬を作ってくれたのはカリムだ。

唯一の違いは、あの薬は王女のため、この薬はイツキのために作ってくれたということだ。

そうだ、と思った。

今の私はただのイツキだ。カリムからすれば突然目の前に現れた不用心な女だ。そんな女に優しくしたって、カリムにはなんの得もないはずだ。それなのに、何くれとなく世話を焼いてくれる。

——やっぱりカリムは、いい人なんじゃないかな。

服をくるんでいたシーツを広げて小瓶をそっと包みながら、カリムに問いかけた。

「……あのさ」

「なんだ」

「いい人なのか悪い人なのかわかりかねる相手がいたとしてね。第一印象は最悪だし、評判も良くないの。でも、直感は『いい人だ』って伝えてくるとしたら、カリムならどっちを信じる？」

カリムのことを本人に聞くのはおかしいとわかっていたけど、今の私には、この質問を投げかけられる相手が他にいない。

「それは二者択一なのか？」

「だって、評判か直感のどっちかが間違ってるってことでしょ」

「君はおかしなことを言う」

「おかしいこと言ってるつもり、ないんだけどな」

カリムは焚《た》き火に薪《まき》を入れた。かすかに、パチ、という音が鳴る。

「人にはいろんな面がある。いい面も、悪い面も。それではダメなのか」

「それじゃ決められないじゃん。その人を好きになるべきか、嫌うべきか。信じていいのか」

「決める必要が？」

「ない？」

「わざわざ信じるかどうかを頭で決めようとしなくとも、いずれ自《おの》ずと心が定まる。そのときに、心のままに受け容《い》れればいい」

——わかったような、わかんないような。

砂漠は静かだ。火は相変わらず静かに揺れている。星は相変わらずきれいに輝いている。

そして、私は相変わらず迷っている。信じたい気持ちはある。でも、信じていいのかわからない。

カリムが小さなため息をついた。焚《た》き火がゆら、と揺れる。

「カリム、どうしたの？」

「またその顔だ」

「『その顔』って？」

「今日会ったときと同じ。竜の花嫁の話をしたときも、石の話をしたときも、今も」

途方に暮れた顔、と言われた表情だ。

じっと立ったまま動けずにいたら、カリムが勢いをつけて立ち上がった。

「それでも、君は『暗いせいでそう見えただけだ』と言うんだろう？」

そう言い残してテントへ行き、すぐに戻ってきた。手には笛が握られている。

また焚《た》き火の前に座り込むと、カリムは黙ってその笛に唇を当て、吹き始めた。横笛だ。

少し掠《かす》れた低い音が響く。尺八《しゃくはち》だか篠笛《しのぶえ》だか、時代劇の斬り合いの後ろで流れていそうな音だ。

澄《す》んだ空気の中に音が消えていく。懐かしいような、少し切ないような、不思議な感覚に襲われた。

遠くを見つめて優しい音に聞き惚れていたら、ぱたりと笛の音がやんだ。

「イツキ」

「ん？」

「泣いてるのか」

そう言われて頬に触れると、たしかに涙が伝っていた。

「あ、なんでだろ。なんかちょっと――」

涙をぬぐいながら笑おうとしたのに、うまく笑えなかった。

恋しい。

何かが特別に恋しいというわけではなかった。もしかすると、すべてが恋しいのかもしれない。

体操、学校、友人、家族、コンビニの肉まん、化繊《かせん》の服、合皮のバッグ、まずい水道水、狭い部屋、かび臭いエアコン、部屋で育てていた小さな多肉植物。推しの声が癒しだった日々。忘れた頃に届く、父からの手紙。

「ただ、笛の音があんまりきれいで」

膝を抱いて、そこに顔をうずめる。く、と声が漏れた。

私がそうして泣いている間、カリムは黙って隣に座り、笛で静かな音色を奏《かな》で続けた。

三十分ほどはそうしていただろうか。ようやく涙が止まった。

「ヨシ」

気合を入れながら鼻をズズビ、とすすり上げる。そんな私を見て、カリムは笛を口から離した。そして私のほうを見ずに口を開く。

「君は……」

「ん？」

「気持ちを晒《さら》しすぎる」

「いいでしょ。探る必要がなくて」

そう言って、ヘラ、と笑った。

困ったような顔のカリムの向こう側に、連なったラクダが見えた。ラクダをなだめるような、あの「アイアイアイアイ」という高い声が響いてくる。

「みんな着いたみたいね」

そう言うと、カリムがそちらを振り向いた。

「……ああ」

「カリムの笛が聞こえたよ！」

子供たちのはしゃぐ声がした。そしてすぐに、何人もの子供たちがテントのほうへ駆けてくる。

「カリム！」

「よう、来たな」

「アルジュは？」

「向こうにいる。寝てるから起こしてこい」

「任せて！」

「手荒な起こし方をするなよ」

「わかってるよ！　アルジュの寝起き、最悪だもん！」

口々に言いながら、子供たちがまた駆けていく。竜巻みたいだな、と思いながら彼らの背中を見送っていたら、ひとりだけすぐ傍に立ってこちらを見つめている子供がいた。

「あ、君は」

暗がりに目を凝《こ》らすと、この間の少年、シャフィークだった。バツの悪そうな顔をしている。

声をかけると、ようやくシャフィークは近くに寄ってきた。俯《うつむ》いたまま、小さな声で言う。

「こないだはごめんよ」

「ううん、無事に返ってきたからいいよ。君は部族の仲間になったの？」

「ううん。今日だけだよ。カリムが呼んでくれたの」

「そっか」

「お兄ちゃんは？　仲間になるの？」

「ううん。ボクも今日だけ」

「そうなんだ、同じだ」

シャフィークが微笑んだ。いい笑顔だ。

「でも、もう少し大きくなって、お母さんがいいって言ったら、砂漠の男になるんだ。カリムが頼んでくれるって」

「お母さんの許可が出るといいね」

「うん」

彼の目はキラキラと輝いている。道端に座って誰かが恵んでくれるか、私みたいなカモが寄ってくるかを待っているよりは、きっとずっと充実した毎日になるだろう。

「逞《たくま》しい砂漠の男になれるよ、きっと」

私がそう言うと、シャフィークはカリムのほうをちらと見て、私に「顔を近づけるように」と合図をしてきた。内緒話らしい。彼の口元に耳を近づけると、少年はこっそりと教えてくれた。

「カリムみたいになれたらいいなって思ってるんだ。ムキムキで、すごくカッコいいんだよ」

「きっとなれるよ」

微笑ましく思いながらそう言うと、シャフィークが大きくうなずく。

「カリムには内緒だよ」

「約束するよ」

「僕もアルジュを起こしに行かなくちゃ！　もうすぐ星が降る時間だから！」

そう言って彼は駆けていった。

「星が降る……？」

「見ればわかる」

唇の端を持ち上げたカリムの表情は、いつも通りだった。

カリムの言葉通り、「星が降る」の意味はすぐにわかった。流星群だ。

カリムが指さした先の空を見上げて、思わず歓声を上げた。目で追いきれないほどたくさんの星が、流れては消えていく。流れ星の正体が大気圏に突入したチリだと知っていても、感動せずにはいられない。

「また！」

「あ、まただよ！」

星を見慣れているはずの子供たちも、流星群には感動しているらしい。テント群のあちこちから歓声が上がる。

私はその高い声をBGMに空を見上げ、願い事のことを考えていた。砂漠の人たちは流れ星で願い事が叶うとは思っていないらしいけど、日本人の私は、つい何かを願いたくなる。

願い事はなんだろう。たくさん流れ星があるから、たくさん願えそうだ。

内定がもらえますように？

無事に卒論を書き上がりますように？

膝の痛みが良くなりますように？

発掘以外のことに関心のない父が、ときどきは私のことを気にかけてくれますように？

そう思ってから、心に浮かんだどれもが、なんだか遠いことのように思えた。ここを去ってあのマッサージチェアに戻って、水浸しの部屋を片づけて、就活をして。学生時代のライバルたちの活躍を風の噂で耳にするたびに、胸が軋《きし》む。その生活を、私は本当に望んでいるのだろうか。

突っ立って星を見ているのにも疲れて、観念して地面に座った。尻は痛い。でも、恐れていたほどではない。できれば帰りはラクダの上で立っていたいくらいには痛いけど。

再び傍にやってきたシャフィークが、私の胡坐《あぐら》の中に座った。子供の体は暖かい。可愛いな、と思いながら、その頭に顎《あご》を乗せて空を見ていた。

「きれいだねぇ」

「うん、きれいだねぇ」

どうか、この子の未来が明るくなりますように。

流れ星への最初の願いはそれだった。

シャフィークはしばらく私の胡坐《あぐら》の中に座っていて、足がしびれた頃に去っていった。

私が元の世界に帰ったら、あの子の運命も変わってしまうのだろうか。そう思ったらますます自分の心がどこに向かっているかわからなくなって、小さなため息をつく。

そこへ、アルジュ――カリムの友人――が寄ってきた。

「珍しいなぁ、あの子が自分から誰かの傍に行くなんて」

「ひとりでぼんやりしてたから、寂しくないか心配してくれたのかも」

アルジュが隣に腰を下ろした。

「イツキは、あの夜に街にいた子だよね」

「あ、うん」

私もアルジュも空を見上げたまま話をする。

「シャフィークに布袋をスられた」

「恥ずかしい。カリムに言われるまで、ちっとも気づかなくて。間抜けだと思ったでしょう？」

「いや。街の子供たちは腕がいいからね。俺もスられたことがあるよ。間抜けだなんて思わない」

「……ありがとう」

また星が流れた。

「それで？　君は女の子なのに、夜中にそんな格好でこんな場所にいていいのかな？」

星空から視線を引き剥《は》がし、隣の人の顔を見た。

「カリムが話したの？」

「それは俺の勘が当たってたってことだね」

彼はくしゃ、と人懐っこく笑った。

「カマをかけた？」

「まぁね。確信はなかったから」

「……どうしてわかったの？」

「君はすごくわかりやすい。カリムのこと、初めは警戒してたけど、今は心を許してる。それにもしかすると、好意も？」

「好意？　なんのこと？」

「気のせいならいいけど。カリムと話してると楽しそうだから」

「私……楽しそう？」

「うん。今とは表情がまるで違うよ。無意識だった？」

無意識だった。そんなにわかりやすいなんて、自分にがっかりだ。たしかに推しの声を聞けて嬉しい。でも、もしかするとそれだけじゃないかもしれない。

「これは……牽制《けんせい》、なの？」

「そんなにまっすぐ尋ねられて『そうだ』って答える奴はいないと思うよ」

「でも、正解でしょう？」

「少しはそれもある」

こうしてみると、アルジュのほうがカリムよりも背が高い。カリムががっちりしているのとは対照的で、アルジュはひょろんとしている。

「あいつが笛を吹くのは、いつも何かが心を悩ませてるときだ。今はたぶん、君が原因だと思う」

「私がカリムを悩ませてるってこと？」

「そうだ。長いこと知ってるけど、あんなカリムを見たことはないんだ」

「えっと……牽制《けんせい》したいの？　それとも、焚《た》きつけたいの？」

「さぁね。自分でもわからない」

アルジュはそう言ってまた空を見上げた。まったく、この部族の人たちは、人をやきもきさせる。単純さに定評のある私の脳では処理しきれない。はぁ、とため息が漏れた。

「アルジュ。……カリムはいい人？」

「君はどう思う？」

少し離れた場所で子供を抱き上げて遊んでいるカリムを見つめながら口を開く。

「……いい人だといいなって」

「それなら、そう信じることだね」

「さっきカリムにも似たようなことを言われた」

また小さなため息を漏らしてから、砂漠を見渡した。危険そうな獣の影はない。

「キョロキョロして、どうした？」

「この辺りでジャッカルが出るって聞いて……つい」

「ジャッカル？」

そう言って、アルジュは声を上げて笑った。

「どうしたの？」

「カリムに担がれたんだよ」

「へっ？」

「ジャッカルがここへ来ることはない。奴らは火を嫌う。それに今は子育ての時期で警戒心が強くなっているから、こんなにたくさん人間のいる場所に迂闊《うかつ》に近づいてはこない」

「……さっきの訂正。カリムは極悪人」

「本人にそう言ってやりなよ」

アルジュはそう言って、また笑った。

流れ星は何時間も続いた。願い事を百個も二百個もできそうだったのに、結局私が願ったのは、あの子の幸せと、それからもうひとつだけだった。

——自分の気持ちが定まりますように。

あっちへユラユラ、こっちへユラユラ。カリムがいい人か悪い人か、逃げたいのか逃げたくないのか、何も決まらないまま、夜が明けようとしている。

星の明かりが薄く、つまり空が明るくなり始めた頃、アルジュが「あのさ」と沈黙を破った。

「これは牽制《けんせい》じゃないけど」

「うん」

「たぶん、ここへはもう来ないほうがいいと思う」

アルジュを見つめた。

理由なんか聞くまでもない。カリムは王女と結婚する。怪しい女が傍にいるとまずいからだ。別に来たくてここへ来たわけじゃないのに、「来るな」と言われると、なぜか胸がキリリと痛んだ。

帰りは来たときと同じように、ラクダに揺られて王宮に戻った。隙を見て逃げ出すはずが、尻の痛みと眠気とこんがらがった頭のせいで、そんな気力はどこにも残っていなかった。

道中カリムとはほとんど話さなかった。眠かったせいもあるし、何を話せばいいかわからなくなったからだ。カリムのほうもあまり話しかけてはこなかった。

この間と同じようにカリムの計らいで門をすり抜けると、王女の部屋に飛び込んで、ベッドにダイブした。尻に薬を塗るのだけは忘れなかった。

心が自《おの》ずと定まるとき

——星の夜が最後のチャンスだったかも。

バルコニーに立って砂漠のほうを眺めながら、ハァと大きなため息をついた。

はるか遠くに砂嵐が見える。ここ数日、小規模な砂嵐がいくつも発生していた。

こうなると、砂漠を通り抜けられない。砂漠へ続く門は閉ざされ、旅慣れた商人たちは砂嵐がやむまでファレシュにとどまるという。

「やばいなぁ、もう満月も近そうなのに」

空に浮かぶオムレツみたいな月を見つめ、ひとりぼやく。

近頃、ひとり言が増えた気がする。王宮を散歩してサイードに出くわすのもごめんだからと、日がな一日部屋にこもって過ごしているせいだ。

でも、いいこともある。暇な時間が増えたおかげで筋トレは順調だ。毎日少しずつだけど、進歩が見える。椅子なしでもなんとかスクワットができるようになったり、プランクの時間を延ばしたり。

幸いにも食事は肉や豆が中心で、糖質は控えめだ。おかげさまで歩いて三分のところにファストフード店があったりはしないし、冷蔵庫を開けたらプリンが入っていたりもしないので、誘惑との戦いもない。食事に出てくる肉にも「霜降り」なんてあるはずがなく、赤身ばかりだ。筋トレには最高の環境と言える。ときどき無性におにぎりが食べたくなるけど、考えても仕方ないのでなるべく考えないようにしていた。

本日五セット目の筋トレを終えて鏡の前で成果を確認していたら、トントン、と扉を叩く音がした。

「はい」

返事をすると静かに扉が開き、ムーアが入ってきた。部屋の入り口で立ち止まり、静かにこちらを見つめている。手には何やら服らしき布を持っている。いつも世話係の女性リマが持ってきてくれる服よりも、随分と量が多い。

ムーアは長い間じっとして動かないので、私から問いかけた。

「ええと……どうしたの？」

「あのあと、王宮へお戻りになったのですね」

星の夜に逃げ出したと思っていたのだろう。私もそのつもりだったし。

「失敗したの」

「そうでしたか」

ムーアがそのことをどう感じているのかは、表情からはわからなかった。

「今日はリマ……あの、いつもの人じゃないんだね」

「お体を清めに、水浴び場へ参ります」

「あ、そうなんだ」

それは嬉しい。ファレシュは灌漑《かんがい》の技術が進んでいるとはいえ、やっぱり砂漠で水は貴重だ。濡らした布で体を拭いたりはできるし、乾燥しているせいか、タライに張られたお湯でときどき体を洗うくらいでも、臭くなったりはしない。でも私は風呂の国ジパングで長く暮らしてきたから、ときどき体を水に浸さないと落ち着かない。

いそいそとベールを巻き、身支度を整える。ムーアは淡々とした口調で言った。

「こちらへ」

その言葉に従って部屋を出、ムーアについていく。王宮を出るのは数日ぶりだ。これから水浴びができると思うと、足取りも軽い。途中、昔の王の妻たちが過ごしたという春の庭に続くあの木戸の前を通り、門から外に出た。王女の服装のまま出たのは初めてだ。

門を出るとすぐに、前後と両脇を護衛らしき兵たちに囲まれた。そのまま、ムーアの先導で歩いていく。砂漠とは反対側の、岩山のほうだ。

「遠いの？」

「それほどでは」

「なんで夜なの？」

「昼間は外国からのお客様がお見えになりますし、夜ならば誰かに見られる心配もなかろうとのことで」

「なるほど」

王宮からその場所まで、馬の背に揺られて十五分ほどだった。

砂ばかりの景色が変わり、ごつごつとした岩場が見えてくる。砂漠に散らばる岩にどこか懐かしさを感じるのは、昔ファレシュに住んでいたからだろうか。そう思いながらキョロキョロと辺りを見渡していたら、思わず「あ」と声が出た。

——ここ、もしかして「ラクダ岩」の。

岩の配置や岩場の斜面に見覚えがあった。

この辺りの岩はどれも堆積岩《たいせきがん》だけど、堆積物《たいせきぶつ》によって硬さが違う。だから雨に削られやすい部分と削られにくい部分があり、ところどころくびれた不思議な形の岩が出来上がる。そんな岩の中に、ラクダのような形に見える岩があったのだ。

たぶんこの時代から現代までさらに削られてラクダの形になったのだろうから、今はラクダの形の岩を見ることはできないのだろうが、そうすると、今から行く水場というのは、幼い頃に水浴びをしたあの泉だろうか。

「ここまでで結構です」

ムーアが護衛たちに声をかけた。護衛たちはうなずき、立ち止まる。さすがに裸を見られたくはないので、最後までついてこないとわかって安堵《あんど》した。

ムーアについて歩きにくい岩場を登ると、やはり思った通り、泉があった。記憶にあるあの場所で間違いなさそうだ。記憶では真っ青に澄《す》んでいた泉は夜の今は黒く、星が落ちている。月の明るい夜だけど、泉の底は暗くて呑み込まれそうでもある。

「まずはお顔から」

ストールを外し、油みたいなものを顔にすり込んで化粧を落とす。人に会おうが会うまいが毎日この極太アイラインを引かれるおかげで、最近ではアイラインなしの顔を見ると「薄い」と感じてしまうほどだ。

「次はお体です」

ムーアに促されてワンピースのような服を脱ぐ。素っ裸になるわけではないらしい。ババシャツとステテコみたいな服装のまま、ムーアに促されて岩をまたぎ、足先だけをゆっくりと泉の水に浸した。

砂漠の夜は冷えるけど、岩肌に触れると温かい。昼の日差しで温まった岩が熱を放出しているおかげだ。水も思ったほど冷たくない。こちらも昼間に太陽の光で温まっているおかげだろう。

ちゃぷ、ちゃぷ、と控えめな水音を立てながら足を上下に動かした。こんなにたっぷりの水に足を浸すなんて久しぶりで、心が弾む。

しばらくそうしていたら、水に入りたくなった。ムーアを振り返ると、何やら着替えの準備をしてくれているらしい。あの量なら、ババシャツとステテコの替えもあるだろう。今着てるのが濡れてもきっと平気だ。

そう思い、もう少し深い場所まで進んでみることにした。今立っている岩の先は、見た目よりも深いようだ。溺《おぼ》れてしまわないよう、慎重に足で探りながら進んだ。

——気持ちいい。

そのまましゃがみ、肩まで水に入る。

温水プールより少し冷たいくらいの温度だ。気持ちいい。そのまま髪までずぷりと水に浸かり、手足を投げ出して仰向けにプカと浮いた。そして空を眺める。

星を蹴散らすように膨らんだ月が見える。もうそんなに時間は残されていない。結婚式まであと数日だ。このまま逃げそびれたら結婚式を挙げることになる。式が終わって王女の素顔を見たら、カリムはやはり驚くだろう。そうなる前にカリムに話して、黙っていたことを謝るべきではないか。

カリムの顔が浮かんだ。

推しの声を持つ人。サイードに選ばれた婚約者。そして――

『自《おの》ずと心が定まる。そのときに、心のままに受け容《い》れればいい』

「――ラフィ様」

カリムの言葉を反芻《はんすう》していたら、ムーアの声が割り込んだ。

「こちらに……お洋服と共に、お金を置いておきます」

「なに？」

「へ？」

振り向くと、ムーアはしゃがみ込んで服を整えている。こちらを見ようとはしない。その姿勢のまま、彼女は続けた。

「この岩山の向こう側に王家の墓地が。その入り口に馬を一頭つないでございます。馬の背に水や食料、地図もご用意いたしました。体を清められたあと、私が合図をしたら岩山を越えてください。墓地までさほど距離はありませんから、すぐにおわかりになるかと」

「……どういうこと？」

「馬の足なら、朝が来るまでに次の街へ辿り着けるはずです」

「ちょ、ちょっと待って、もしかして」

ムーアがようやくこちらを向いた。固い決意が見てとれた。

「もっと、ずっと前にすべきだったことをします」

「でも、それじゃサイードが……」

「我が身可愛さにラフィ様のお傍を離れたこと、ずっと後悔しておりました。その後のラフィ様の苦しみも、理解しているつもりでした。でも、あなたがお持ちくださった日記を拝読して――」

ムーアの左目から大粒の涙がひとつ、こぼれ落ちる。

「同じ過《あやま》ちを繰り返せば、私は二度と自分を許せなくなります」

「だから逃がしてくれるの？　私は王女じゃないのに？　サイードにひどい目に遭わされるかもしれないのに？」

私の問いに、ムーアは微笑んだ。

「誰かを犠牲にして得る幸せなど、もうたくさんです」

「でも――」

誰かを犠牲にするのは私も同じだ、と思った。私がここを去ればムーアや他の誰かがきっとひどい目に遭う。逃げ出したからって、元の世界に戻れるとも限らないのに。

体を起こそうと身じろいだ拍子に、ちゃぷ、と小さな水音がした。

脳内会議を緊急開催しながらムーアを見つめる。「チャンスだ」と「でもムーアが」が拮抗《きっこう》し、後者が少し有利に傾こうという局面だった。

「ラフィ様」

ムーアが急《せ》き立てるように呼びかけてくる。

「あの、もうちょっと待って。結論がまだ――」

「ラフィ様っ」

そう繰り返し、彼女は私の背後を指さした。

振り向くと、何か楕円形《だえんけい》の小さなものがいくつも光っているのが見えた。目だ。

――いち、に、さん、し、ご、ろく、なな。

心の中で数えた。目は七対。人のそれでないことは明らかだ。目の位置が地面に近い。夜行性の動物だろうか。じっと目を凝《こ》らすと、シルエットがぼんやりと見えてくる。大きいのが三頭と、小さいのが四頭。犬みたいなその形から、正体がわかった。ジャッカルだ。

このままだと、結論を出す前に餌《えさ》になってしまいかねない。

ジャッカルを刺激しないように、低い声でムーアに語りかけた。

「ムーア。護衛の人たちを呼びに行ける？」

「行けますが、ラフィ様は」

「なんとか持ちこたえるから、早く」

すぐに了解したらしい声が返ってくる。なんと言ったのかはわからなかった。

護衛たちと別れたところから、ここまで五分ほど。往復ならば十分ほどだろう。そこを持ちこたえれば護衛が来てくれる。

この前ジャッカルの話をしたとき、アルジュはなんと言っていた?

『奴らは火を嫌う』『今は子育ての時期で警戒心が強くなっているから、こんなにたくさん人間のいる場所に迂闊《うかつ》に近づいてはこない』

今、火はない。それに、私ひとりだ。

つまり彼らの格好の獲物だ。

残念ながら砂漠でジャッカルに囲まれたときの対処法を習ったことはないので、どうすればいいのかまるでわからない。たしかなのは、今岩場に上がるのは賢明じゃないってことだ。

子育て中で警戒心が強くなっているところに得体の知れない動物が現れたら、獲物としてではなく子供の敵として襲われる可能性もある。

彼らから距離をとろうと岩場から離れ、立ち泳ぎをしながら七対の目を見つめていると、四つの小さな目が消えた。次いで、犬がじゃれるみたいなクンクンという声が聞こえてくる。相変わらずこちらを見つめる三対の目の奥で、子犬みたいに転げ回って遊んでいる姿が見えた。何かを引っ張り合っているらしい。布みたいな。

布。

この辺りにある布というと……ムーアが置いておいてくれたはずの服だ。

——イヤ、今、布の裂ける音が聞こえたんですが。

ビリーッという音が、夜の静寂の中に、たしかに響いた。

無残にも服がボロボロになる音を聞きながら、しばらくそうして立ち泳ぎをしていた。私は危険なものではないと思ったのか、ジャッカルたちは泉の縁《ふち》のほうで揃《そろ》って水を飲み、去っていった。

——水から上がるなら、今しかない。

また野生動物が水を飲みに来たらたまらない。今度はもっと獰猛《どうもう》なのが来るかもしれない。

岸に泳ぎつき、ザバッと水から上がる。服は砂とジャッカルのよだれにまみれ、引きちぎられて、とても着られるような状態ではない。それならまだ、びしょ濡れのババシャツとステテコのほうがマシだろう。そう思い、服は諦めて岩場を下ることにした。

大丈夫、夕立に降られてびしょ濡れの服で大学のキャンパスを歩いたこともある。今の格好は、あのときとさして変わらない。とはいえ「二十一世紀のゲリラ豪雨の街中なら浮かない」っていう程度の露出度なので、何世紀も前の夜の砂漠では完全に浮いている。

足場の悪い岩場を濡れた足で下り出してすぐに、聞いたことのない遠吠えのようなものが夜の静寂を切り裂いた。振り向くと、岩場のてっぺんから、またあの目がこちらを見据えていた。

ジャッカルだ。

ウウ、という唸《うな》り声がして正面に向き直ると、道の先にもいる。

——挟まれた。

下るのは無理そうだ、と諦め、足場の悪い岩場を横に進む。

アウウウウウウ、とあちこちから響く声に怯えながら、とにかく前に進むしかなかった。前に回り込まれると向きを変え、ジグザグと進んでいるうちに、方角もわからなくなる。

ムーアや護衛たちに近づいているのか、それとも遠ざかっているのか。時間の感覚もわからなくなって、岩の斜面をむちゃくちゃに進んだ。

「ムーア！」

途中何度か叫んだけど、すべてジャッカルの声にかき消される。

足の裏と脛《すね》が傷だらけになった頃、ようやく岩場から砂地に降り立つことができた。辺りに人の気配はない。思ったより遠くまで来てしまったのかもしれない。

周囲から聞こえる唸《うな》り声の数が多い。目の数もどんどん増えているようだ。

――いよいよ、狩りが始まるのかな。

急がなくちゃと思うのに、足が前に出ない。

空気が乾燥しているからだろう。肌の表面についた水分がどんどん蒸発して、気化熱で体温を奪われていく。強い風が吹くたびに肌が粟立《あわだ》った。

――寒い。怖い。

そう思ってしまったら、もうダメだった。恐怖と寒さとで体が震え出し、すぐに動けなくなった。

歯がガチガチと音を立てている。関節という関節が固まってしまったみたいに、動かせない。肩を丸めて地面にしゃがみ込み、小さくなって震える。

ラフィ王女の体なのに、こんなところでジャッカルに食べられてしまうのだろうか。

ごめんなさい、と思った。王女の体なのに、ごめんなさい。

涙が出た。鼻水も出た。

諦めかけたそのとき、ジャッカルが一斉に私とは違う方向を見た。私もつられてそちらを見る。

バサバサと羽ばたく音がして、すぐに何か大きなものが空から舞い降りてきた。

鷹《たか》だ。

私の傍に降り立つと、翼を広げてジャッカルたちを威嚇《いかく》してくれる。その黄色い目でわかった。

――マラガだ。カリムの鷹《たか》だ。

マラガの到着から間を置かず、馬のひづめの音が近づいてきた。乗っているのはやはり、カリムだ。カリムは松明《たいまつ》を掲げて私のほうを照らし、息を呑んだ。そして、火でジャッカルたちを蹴散らしてくれる。

――助かった。

そう思いながら、カリムの姿を見つめていた。

まるで映画みたいだ。馬に乗って現れて、絶体絶命のピンチを救ってくれるなんて。

「かっ……」

お礼を言おうと思ったのに、震えて声が続かなかった。

「イツキ!」

ジャッカルを追い払い終えたカリムが私の傍に戻ってきて、馬から飛び降りた。そしてすぐに上着を脱ぎ、肩にかけてくれる。

――イツキ。……そっか。化粧を落としたから。

「これを着ろ」

強がりのイツキ坊やも、さすがに今この上着を断る元気はなかった。一刻も早く温まりたかった。

ババシャツステテコが思った以上に透けていることに気づき、慌ててカリムに背を向けながら服の前を掴んで合わせたら、カリムが背後で笑った気配があった。

「心配しなくても、砂漠の男は女の裸くらいで動揺したりはしない」

その言葉通り、カリムは視線を逸らしたまま悠然としている。おまけに口元がちょっと笑っている。自分だけが慌てているのが癪《しゃく》だ。

服を着ようとしたけど、手が震えてうまく着られない。ぶるぶるしていたら、カリムが手を添えて手伝ってくれた。意図せず私の肌に触れた彼の手から、彼の考えていることが流れてくる。

――「動揺したりはしない」っていうのは、嘘だったみたい。

でも、相変わらず彼は涼しい顔をしている。ボタンを留め終わると、カリムに向き直った。

「あ、りがトゥ。たシかった」

あまりの寒さに歯が鳴った。

「なんだって？」

「ありがォ」

寒い。

カリムの手が頬に触れた。

「くそ。体が冷え切ってるな」

カリムがつぶやいた。彼の心には、今は私の姿しかない。泣いている女の人のことを、この瞬間は考えていないらしい。その事実に縋《すが》ってしまいそうになる。

「イツキ、これも着ろ」

カリムはもう一枚服を脱いで渡してくれた。カリムは上半身裸だ。

「でも、カリゥがサム」

「いいから着ろ」

言われた通りに羽織ったけど、気休めにもならないくらいだった。彼が言う通り、私の体はすっかり冷え切っている。カリムの上裸を見て「キャッ」とか思う余裕もない。

そうこうしているうちに、またあのジャッカルたちが這《は》い寄ってきていたらしい。

「ダメだ。ジャッカルが鬱陶《うっとう》しいな。体も温めたほうがいい。いったん野営地へ行こう。マラガ、戻れるな」

カリムの呼びかけに、マラガがグウウ、と低く鳴いて飛び去る。

私はカリムに抱えられ、馬に乗せられた。

ムーアのことが気がかりだったけど、ジャッカルは明らかにこちらを追っている。護衛もいるし、大丈夫だろうと、今はカリムに従うことにした。

馬が走り出すと、風が体に当たって、また体が冷えた。あまりの寒さに意識が朦朧《もうろう》としてくる。歯がカチカチと音を立てる。実際の気温はわからないけど、体感の温度だけで言えば、冷凍庫の中にいるみたいだ。

キャンプの明かりが見えてきた。こないだよりもたくさん見える。そこへ飛び込みながら、カリムが「アルジュ！」と叫んだ。

その声に応えて、大きなテントの中からアルジュが飛び出してくる。

「どうした、カリム。そのお荷物は」

たしかに、今の私はあらゆる意味でお荷物に違いなかった。

カリムが私を抱えたまま馬から飛び降りた。そしてアルジュに短く告げる。

「馬を頼む」

「任せろ」

カリムが近くのテントから掴みとってきた毛布をかぶせられ、焚《た》き火の前に連れていかれた。

火は暖かい。なのに体は寒い。

震えていると、カリムが毛布の上から肩をさすってくれる。私の震えが治まるまで、どさどさと、毛皮や毛布をかぶせられた。

「カリィう」

「なんだ」

「カリぅも」

「俺は大丈夫だ。冷えてない」

「あり、がと。ごめ、なさ」

「いいから黙ってろ。舌を噛むぞ」

カリムの体温がすぐ傍にある。私に服を貸したせいで上半身は裸だ。私も、カリムに借りた服や毛布の下は透け透けだ。恥ずかしい。なんかもう、色々と、気が遠くなりそうだ。

長袖長ズボンに顔まで覆《おお》って生活しているうちに、それに慣れてしまったらしい。腕を見られただけでも恥ずかしいし、ましてや透けたヘソまで見られるなんてあってはならないことに感じた。ちょうど、冬場のマスク生活に慣れたあと、マスクなしで生活するのが心許ない感覚に似ている。

顔から火が出そうな気分で焚《た》き火を見つめていたら、アルジュも傍へ寄ってきた。

「ほれ、ラクダのミルクだ。飲んで」

カップを手渡された。暖かい。

「あり、がと、アルジュ」

何か香辛料が入っているのか、ひと口で体がぽかぽかと温かくなった。ミルクを飲み終わる頃には、もう震えは収まっていた。

「落ち着いたか」

すっかり温まった。焚《た》き火のすぐ近くにある足先が熱いくらいだ。このまま一時間も同じ場所に足を置いていたら、たぶんロースト・イツキが出来上がるだろう。

アルジュは私が落ち着くのを待ってくれていたようで、はい、と手を出してきた。「カップを預かるよ」と言われ、空《から》になったカップを差し出す。

「美味しかった。ありがとう」

「良かった。俺はもう休むよ、おやすみ」

「おやすみなさい」

アルジュがテントに入り、カリムとふたりきりになる。たぶんアルジュは呆れているだろうな、と思った。「もう来ないほうがいい」という彼の忠告から、まだ数日しか経っていないのに。

焚《た》き火は相変わらず静かだ。

岩場を逃げているときにできた細かな擦《す》り傷に、カリムから渡されたあの緑色の薬をすり込む。最近この匂いとひんやりした感覚にもすっかり慣れてしまった。

「まったく、イツキは怪我ばかりだな」

「たしかに」

生傷の絶えないお姫様なんて、なんか嫌だ。

「座れてるってことは、尻は良くなったのか」

「さっきお尻見なかったの？」

「見てない」

「そっか」

カリムは笑っている。軽口で私の気持ちを楽にしてくれようとしているのだとわかった。

「……助けてくれてありがとう」

「無事で良かった。一体何があったんだ」

「その……泉で水浴びを。そしたら、ジャッカルの家族みたいなのが岩場に来て。しばらく立ち泳ぎをしてやり過ごしたの」

「賢い選択だな。気が立っている時期だし、子供たちもそろそろ狩りを覚え始める頃だ。群れに襲われたらひとたまりもない」

　本当に危ないところだったんだな、と改めて思った。八つ裂きにされなくて良かった。

「もう大丈夫かと思って水から出たんだけど、まだいたみたいで。ありがとう、助かった」

「イツキの唇が紫色なのを見て、どうなるかと思った」

「ごめんね」

「いや、無事で良かった、本当に」

　カリムの目が優しい。その表情に特別な意味を探してしまうのは、私がどうしようもなく馬鹿だからだろうか。

「どうして来てくれたの？　私があそこにいるって、どうやって？」

「ジャッカルの変な遠吠えを聞いたとアルジュが言うので、気になって砂漠を見回っていたんだ。そうしたら、マラガがイツキを見つけた」

「そっか」

「たぶんジャッカルは『水場に変な奴がいる』って他の群れに教えてたんだろう。それで、いくつかの群れが集まってきてたんだ」

「ジャッカルの間で話題になれるなんて光栄だよ」

「夜中に泉に入る人間なんてそうそういないから、ジャッカルも最初は警戒しただろう」

「……そうだろうね」

　深い反省と共にうなずきながら、立ち並ぶテントを見渡した。

「ここ、この間と同じ場所？」

「いや、違う。半遊牧だから、そのときどきで暮らしやすい場所を巡る。定住している仲間もいるが、俺はこの生活が気に入っている」

「旅の生活ね」

「テントをラクダに括《くく》り付けて、砂漠中を動き回るんだ」

「砂漠全体が家なんだね。楽しそう」

「楽しいぞ」

くしゃ、とカリムが笑った。

あ、今だ、と思った。『心が自《おの》ずと定まる』、それが今だ、と。

――カリムはサイードとは違う。悪人じゃない。

人を見る目に自信があるわけじゃないけど、彼の笑顔を見て、それだけは確信できた。

サイードが今の地位に居続けるよりも、カリムが王になったほうがいい。この国のために私にできることは、たったひとつ。カリムを王にすることだ。ただ満月の日を待てばいい。

結婚してカリムが王になったのを見届けてから去れば、きっとファレシュは安泰《あんたい》だ。未来の自分が消えてしまうこともないだろう。ただ、そのためには。

――カリムに私が王女だってことを話さなくちゃ。

このまま結婚するなら、遠からず素顔を見られることになる。そのときになって「ジャーン！びっくりした？」なんて明かし方をするのは、どう考えても不誠実すぎる。とは言うものの、どうやって切り出したらいいのか、まるでわからない。

迷いながら、横目でチラリとカリムを見る。彼はまだ服を着ていない。その腕に、刀傷があるのに気づいた。腕だけじゃない。体中に傷痕がある。

「カリム、傷……」

腕の傷のことだと思ったらしい。比較的新しいそれを押さえて、カリムが答えた。

「小競り合いがあったんだ。血の気の多い若者を束ねていれば、珍しいことじゃない」

「喧嘩を止めたの？」

「まぁ、そんなところだ」

「他の傷は？」

たくさんの傷跡が体中をびっしり覆《おお》っている。

「ぜんぶ古傷だ」

「……痛い？」

「もう痛くはない」

「そっか。良かった」

「イツキも」

「ん？」

「その……見ようと思って見たわけじゃないが……背中に傷跡が。透けて……」

「背中？」

自分の背中を見ようと肩越しに覗いてみたけど、見えない。痛みはないし最近怪我をした覚えもないから、古いものだろう。

「結構残ってる？」

「かなりな」

「そっか」

たぶんサイードの仕業だな。王女の日記に『鞭《むち》で打たれた』と書いてあったから。服に隠れて見えない背中を狙うあたりに、サイードの卑怯さが窺《うかが》える。

「痛みはないよ」

そう言いながら、強く瞬きをした。瞼《まぶた》が重い。暖かくて、ホッとしたからだろうか。そんな私の様子に気づいたのか、カリムが低い声で言った。

「少し横になれ、イツキ」

「でも、私、カリムに話したいことが」

正体を明かして謝らないと。今日を逃したら、次に会うのはもしかしたら結婚式の日になってしまうかもしれないから。

「起きてから聞くよ。体力を奪われただろう。あんな格好だったし」

「服装のことは忘れようとしてたのに」

「それは残念だ。悪くない格好だったのに」

「意地悪」

笑いながらも、上下の瞼《まぶた》がくっつこうとしている。ぼわ、とあくびが出た。

「イツキ。寝ろ」

「でも、帰らないと」

「心配しなくとも、明け方までには王宮に送る。少し眠ったほうがいい」

「……うん」

ようやくそう答えたときには、もう激しい眠気に襲われていた。

――歩いてテントに行かないと。でも、このまま横になっていたい。暖かいし、カリムが傍にいるし。ああ、サイード怒ってるかな。ムーアたちがひどい目に遭わないといいけど。それよりも、自分のことを心配したほうがいいのかも………

ゆら、ゆら、と体が揺れている。一瞬浮上した意識の縁《ふち》で、カリムが運んでくれているのだとわかった。

「ありがとう」

思い通りに動いてくれない唇で、なんとかそれだけを言った。

「テントのすぐ外にいる。何かあったら呼んでくれ」

カリムはそう言って出ていった。

毛布と、何かわからないけど変な匂いのする毛皮にくるまって眠った。

たぶん、あまり長い時間は経っていない。すぐ傍に誰かの気配があった。

息を吐き出した「ふぅ」という声でそれが誰だかわかったから、安心して目を閉じていられた。

毛布からはみ出して冷えていた足を暖かいものが包み込む。ズレていた毛布を直してくれているらしい。「ありがとう」と声をかけようとして、でも、眠気に負けて伝えられずにいたら、頬に温かな指が触れた。

そこから流れ込んできたのは、私の——ラフィ王女の寝顔だ。それから、私をかき消すみたいに、泣いている女性の顔が浮かんだ。婚約披露の場で思い浮かべていたのと同じ、取り縋《すが》って泣く女性だ。

私が浮かぶ。

彼女が浮かぶ。

また私が浮かぶ。

彼女が浮かぶ。

カリムの心の中は嵐みたいだった。

指が離れた。

「イツキ」

丸い声が言った。他の言葉が続くかと思ったけど、彼はそれきり何も言わなかった。そして、テントを出ていった。

さっきカリムの指から流れてきた映像のせいですっかり目が覚めてしまって、毛布にくるまったままどうしようかと考えあぐねていたら、テントの外から声がした。

「カリム」

特徴のある掠《かす》れた声だ。アルジュの声だとすぐにわかった。カリムの鼻にかかった声が応える。

「アルジュ」

「イツキはどうだ」

「よく寝てる。そろそろ起こさなくちゃならないが、もう少し寝かせてやる」

「いいのか、テントに女なんか入れて。お前、自分の立場を忘れたわけじゃないよな」

「……女だと気づいていたのか」

「さすがにな」

「他には？」

「誰も気づいてない。女が焚《た》き火の前で胡坐《あぐら》をかくなんて、誰も思わないし」

サラッと悪口を言われた気がするけど、本当のことだから仕方ない。足癖の悪さは昔からだ。

「気づいていたのに、どうして黙っていた？」

「口出ししてほしかったのか？」

「いや、そうじゃない」

カリムの声が険しい。それに答えたアルジュの声も険しい。

「なぁ、カリム」

アルジュの声は静かだった。

「お前がこのことに、どれだけ心を傾けてきたかを知ってる。だから、これまで一度も問わなかった」

「……それなら、問わないままにしておいてくれ」

話の行方がわからなくなってきた。

沈黙が訪れた。焚《た》き火を前に話しているのだろう。テントの布には、火に照らし出された彼らふたり分の影が落ちている。

アルジュが一度大きく息を吸ってから、言った。

「カリム。今を逃したら一生言えなくなる。だから言う」

「やめろ」

「カリム、お前――」

「やめろ」

「お前、本当にいいのか」

「……やめてくれ」

アルジュの声をかき消すように、カリムは何度も「やめろ」と言った。聞いたことのない、つぶれそうな声だ。それでもアルジュは言葉を続けた。

「本当にこのまま王女と結婚する気なのか。それでいいのか」

静かな砂漠に、カリムが深く息を吐く音が響いた。

「……約束したんだ。必ず迎えに行くと約束した」

「それは知ってる。でも、こんな方法じゃなくてもいいはずだ」

「他に方法があるなら、そうするさ。でも――」

話はまるでわからないけど、カリムが苦しそうな顔をしているに違いないことだけはわかった。

「竜の涙を見つければいい」

「アルジュ。知ってるだろう。この九年間血眼《ちまなこ》で探した。九年だ。砂漠の端から端まで探し歩いたし、偽物に大枚もはたいた。だが見つからなかった」

――九年。

絶望感に襲われた。砂漠を知り尽くすカリムが九年かかっても見つけられなかったものを、私では一体何年かかるのだろう。生きているうちに見つかるのだろうか。

漠然と「そのうち見つかるだろう」くらいに考えていたけど、見つからなかったら？　王宮を逃げ出した先で九年もどうやって生き抜けばいいのだろう。

「だからもう、不確かなものに頼るのはやめたんだ」

カリムの声は静かだった。

「王女と結婚したら、イツキをどうするつもりだ。昔の王たちみたいに春の庭にでも置いておくつもりか？」

アルジュの言葉に、カリムが低い唸《うな》り声を上げた。

「俺がそんなことをすると本気で思うのか」

「さぁな。俺の知ってるカリムは、女を自分のテントに入れたりはしなかったし、女が寝てるテントに入っていったりもしなかった」

「お前が想像してるようなことは何もない」

「何も想像してない。見たままを言っただけだ。それで、どうするんだ」

「不誠実な夫になるつもりはない。朝が来る前にイツキを王宮に送ったら、もう二度と会わない」

「お前がこの先王女と暮らす王宮で働いているんだぞ。顔を合わせることもあるだろう。どうするつもりだ」

「言葉を交わすくらいなら……」

「許されるってか？　むごいことを。お前はあの子の気持ちに気づかないほど鈍感じゃないだろ。中途半端な態度をとれば、余計にあの子を苦しめることになるぞ。まぁ、時すでに遅しって気もするが」

「……間違えたんだ」

アルジュの追撃に答えたカリムの声は消え入りそうだった。

「何を？」

「イツキに近づくべきじゃなかった。危なっかしくて、つい」

「たしかに危なっかしい。それにあの人懐っこさだからな。世話焼きのお前があれこれと手を貸したくなる気持ちはわかる」

再びの沈黙。声を出したら起きていることに気づかれてしまう。だから、喉《のど》の奥から漏れそうになる声を必死に抑えた。

「なぁ、本当にいいのか。どれだけのものを犠牲にしようとしているか――」

「違う。犠牲じゃない。俺が望んだことだ。これは俺の使命だ。すべてを失ったとしても、必ず成し遂げる。そう決めたんだ」

カリムの声にはもう迷いはなかった。「すべて」に「イツキ」も含まれている。カリムはたった今、とても静かに、私を切り捨てた。

その言葉を聞いて、アルジュも引き下がることにしたらしい。

「そうか。それなら、お前の信じた道を行け」

「アルジュ」

「なんだ」

「ありがとう」

「忘れるなよ、俺はお前がどこで何をしていても、常にお前の味方だ」

そんな言葉を、カリムが笑った。

「たいした味方だよ。いつも耳に痛い言葉ばかりをくれる」

「痛いついでにもうひとつ」

「わかってる。イッキのことだろう。話すよ、ちゃんと。他から耳に入る前に」

「うん、それがいい」

ふたりの会話を聞きながら、テントの中で声を殺して泣いた。彼の研《と》ぎ澄《す》まされた聴覚では、殺してしても届いちゃうんじゃないかと恐れて、毛布にくるまったまま手の甲を噛んだ。

『誰かを愛するということは、自分を支配する力を与えることだ』

『砂漠の花嫁』の竜の言葉を思い出す。私の気持ちはカリムに支配されている。今の会話だけで、私の心がすっかりへし折れてしまうくらいに。

でも、私にはカリムを支配するだけの力はない。厚意と、もしかしたら少しの好意はあるとしても、それは愛ではない。

それからずっと毛布にくるまっていたけど、もう眠れるはずもなかった。朝が来る前にカリムに揺り起こされ、馬に乗せられた。後ろからベルトを掴んだいつかとは違い、手綱を操る彼の腕の間にすっぽりとおさまって毛布にくるまれている。

私は無言だった。

カリムも無言だった。

私の体を気遣ってだろう、砂漠一速い馬はゆっくりと歩いている。キャンプからだいぶ離れた場所まで来て、馬の速度がさらに落ちた。

「イツキ」

「ん？」

背中にカリムの体温がある。

「俺は結婚する」

何も言わなかった。知らないふりをする気力は残っていなかった。

「婚約しているんだ。相手はラフィ王女だ」

黙っていると、カリムは続けた。

「話していなくてすまない。王女の婚約者だなんて萎縮《いしゅく》させると思っていたら、機を逃した」

「そっか」

それしか言葉が見つからなかった。疲れている。とても。

「いつ――」

その名前を呼ばれるのが辛くて、遮《さえぎ》るように声を上げた。

「王女のこと……好きなの？」

カリムが息を呑んだのがわかった。彼は答えず、少しの間を置いて言った。

「婚約披露の日に初めて会った。言葉を交わしたことはほとんどない。不用意に親しくすると、王女が不興を買うことになる」

「サイードの？」

カリムは答えない。それが答えだ。

「相手のことをほとんど知らないまま結婚するの？」

「イツキの故郷ではどうかわからないが、この国では、そういう結婚は珍しくない。それでも相手を敬《うやま》う気持ちがあれば、うまくやれると思っている」

「敬《うやま》えそう？」

「そうだな。たぶん」

「たぶん？」

「この間イツキが言っていただろう。いい人か悪い人かわからない人がいるって」

「うん。カリムは『心は自《おの》ずと定まる』って言ってたよね」

「それだ」

「まだ王女に対する気持ちが定まってないってこと？」

「会う前に聞いていた話と、自分の目で見た相手があまりにも違っていて」

「評判よりもいい人そうってこと？」

「いい人、という表現が正しいのかはわからないが。誰かを守るために行動できる人だとわかって、少し安堵《あんど》した」

ああ、と思った。

熱中症の門番のことだ。だからそれって、私のことだ。

ラフィ王女じゃないよ、私だよ、と言いたかった。

この期《ご》に及んで「イツキ」と「ラフィ王女」を区別する意味が自分でもわからないけど、私の行動をラフィ王女の行動だと思われるのは、やはり嫌だった。

カリムの結婚する相手は王女で、私じゃない。それも嫌だった。

「王女の評判……悪いの？」

「あまり人と交わるのを好まないと聞いていた。王宮のことにも街のことにも無関心、と」

「それは――」

周囲を巻き込まないために、王女は努めてそう振る舞っていただけだ。王女の名誉のためにそう伝えたかったけど、言えるはずもなく、口をつぐんだ。

「カリムは……王様になりたいの？」

「王に……そうだな、そうとも言える」

「本当に？　部族を去ってまで？　大好きな砂漠の生活を捨ててまで？」

「……ああ」

「子供たちとも頻繁には会えなくなるのに？」

「そうだな」

「王様になるのが目的なの？　それとも、何か別の目的を果たすための手段なの？」

しばらく沈黙が続いた。私は空の中に見つけたひときわ明るい星をじっと見つめていた。星はさっきから、ゆらゆらと揺れている。涙のせいだ。

「……果たさなければならない約束があるんだ」

「それが何かを教えてくれる気は？」

「ない」

即答だった。教えてくれないことを悲しく思ったから、やっぱり少しは期待していたのだろう。餞別《せんべつ》代わりに話してくれるんじゃないかな、とか。

手綱を握るカリムの手に少しでも触れれば、理由はわかるかもしれない。でも、そんな風にして知っても、きっと心のモヤモヤは晴れない。だから何もしなかった。

「王様になれば、約束を果たせるの？」

「わからない。だが、他の手はすべて尽くした。少しでも可能性があるなら、どんなことでもする」

さっきのアルジュとの会話から、そして、カリムの苦しげな声から、どれほどの覚悟でカリムがその「約束」に向き合っているかが伝わってきた。たぶんその約束は、カリムの心に時折浮かぶあの女性とのものだろう。

「……そっか。それじゃあ、王様にならないとね」

「イツキ」

声が近い。

さっきせっかく我慢したのに、涙があふれた。肩が震えているから、泣いていると気づかれているだろう。

涙で揺れた星がビヨビヨに伸びた。まるでこの間見た流れ星みたいだ。空全部を、斜めに伸びた星が埋め尽くしている。あのどれかひとつでいいから、カリムの願いを叶えてくれたらいいのに。その「約束」とやらを、果たさせてくれたらいいのに。

「イツキ」

「カリムはきっと、いい王様になるよ」

「……ありがとう」

それにきっと、いい夫にもなるだろう。不誠実な夫にはならない、とアルジュにきっぱりと言っていたし。ただ、王女を――私をあの記憶の中の女性以上に大切に思う日が来ないというだけで。

「どうして今、その話を私にしたの？」

「……言っておくべきだと思った」

「私がカリムを好きだから？」

「……『うぬぼれ屋』と言われそうだが」

「うぬぼれじゃないよ。たぶん、うぬぼれじゃない」

そう答えた。たぶん、とつけたのは、せめてもの意地だった。

「期待させるようなことをして、すまない。俺が悪い」

「カリムが悪いわけじゃないよ。カリムは……私を好きじゃない？」

どうしてそんなことを尋ねたのかわからなかった。ちょっとくらい困らせてやりたい、という迷惑イツキが顔を出したせいかもしれなかった。

たっぷり一分ほどは沈黙しただろうか。

「イツキに幸せになってほしいと、心から思ってる」

「……ありがとう。幸せになるよ」

王宮が見える距離まで近づき、「ここでいいよ」と告げた。服はすっかり乾いていたから、もう寒くない。馬を降りて向かい合い、上着をカリムに返した。

「門番に話をつけなくて大丈夫か」

「うん、平気」

今日は王女として門を出たので、顔さえ覆《おお》えば大手を振って王女として戻れる。

「上着の代わりにこれを羽織っていけ」

そう言ってカリムが差し出してくれたマントをありがたく受け取り、羽織る。

湿っぽい顔をしていたくなかったから、ちゃんと笑った。カリムは申し訳なさそうな顔をしないように気をつけているみたいな、くしゃっとした変な顔をしていた。

「イツキ。そういえば、焚《た》き火の前で言っていた、『話そうと思ってたこと』っていうのは？」

私は首を横に振った。たった今切り捨てた目の前の女は実は婚約者でしたと、この場で告げる気にはどうしてもなれなかった。

「力になれることはないか。俺にできることがあればなんでも」

——せめてもの償《つぐな》いに？

そう問いたくなったけど、言わなかった。すねた子供みたいだとわかっているからだ。

「大丈夫。私も、自分の願いは自分で叶えるから」

他力本願は良くない。だって石に頼ったりしたから、私は今ここにいるんだもん。

「イツキ。約束してくれないか」

「何を？」

「自分を大切にしろ。夜にひとりで出歩くな。夜に泉で泳ぐな」

「……わかった」

カリムから離れ、最後にぺこりと一度頭を下げた。「さようなら」、のつもりだった。男装した「イツキ」が彼の前に姿を現すことは、もう二度とないだろう。

幸いにもサイードには叱られずに済んだ。カリムと別れて王宮に戻る途中で、護衛とムーアと合流できたからだ。彼らは私を捜し回ったあと、サイードに報告しようと王宮に戻る途中だった。ギリギリのところでサイードに知られず、ひと安心だ。

マントのフードで顔を隠したまま護衛と別れ、ムーアと部屋に向かう。

「そのマントは……どこで？」

「親切な人が通りかかって、助けてくれたの」

「親切な方、ですか」

「安心して。王女だってことは知られてないから」

ムーアがコクリとうなずいた。あれこれと尋ねる気はないようだった。

「あの……用意してくれた馬のことだけど」

「はい」

「回収しておいてもらえるかな？」

逃げない、という意志表示だった。

ムーアはやはり何も尋ねることなくうなずき、「ご無事で何よりでした」と言って去った。その言葉は「王女」ではなく、たしかに「私」に向けられたものだったと思う。

「フゥゥウウウ」

大きく息を吐き出した。そしてお腹に手を当てて、床に転がる。筋トレで追い込んだ腹筋を押さえ、しばらくそうしていると痛みがおさまってくる。このところ、筋トレにかなり熱を入れている。なぜって、他にすることがないからだ。

暇にしているとついメソメソしてしまうので、脳も筋肉になるんじゃないかってくらい体を苛め抜くことにした。

すでに化粧を落とし、寝支度は済んでいる。ベッドに入る前にもう一セットやろうとプランクの構えをしたところで、急に部屋の外が騒がしくなった。

不思議に思って扉から廊下を覗くと、皆慌ただしく走り回っている。どうしたのか尋ねたいけど、忙しそうでなかなか話しかけられず、戸口に立ってキョロキョロしていたら、ものすごく強い風が廊下を吹き抜けた。びううううう、と音がする。風が連れてきたらしい、小さな砂粒が目に飛び込んできた。

「イタタ」

慌てて目をつぶったら、「大丈夫ですか」と声がかかった。世話係の女性、リマだ。最近は、二言三言、短く言葉を交わすようになっていた。

「うん、大丈夫。風が強いみたいだね」

なんとか目を開け、何度かしばたたきながら答えると、リマは神妙な顔でうなずいた。

「砂嵐が近づいています」

数日前から砂漠が荒れていたけど、王宮からは遠く離れていたので、対岸の火事のような気分でいた。

「皆対応に追われ、サイード閣下の指示を仰ごうとしているのですが、サイード様のお姿が見えなくて」

「外国から来てるお客様のところじゃないの？」

「確認したところ、いらっしゃらないとのことです」

肝心なときに、あのオジサンはどこに消えているのだ。

「砂嵐……大きいの？」

「とても」

「どれくらい？」

「ここまで来るかもしれません。飛ばされそうなものはすべて中にしまわなくては」

「外国からのお客様たちは大丈夫なの？」

「扉をすべて閉め切り、お部屋の外に出ないようお願いしましたので、大丈夫かと」

「そっか。街は大丈夫かな？」

リマは答えない。

「王と王妃が亡くなった砂嵐と、どちらが大きい？」

「……今回のほうが」

つまり、今回の砂嵐でも死者が出る可能性があるということだ。部屋を横切り、バルコニーから身を乗り出して砂漠のほうを見た。日が沈んだあとなので砂嵐自体は見えない。ただ、普段と様子が違うのは明らかだった。星が全然見えないからだ。

星の見えない範囲が少しずつ広がっていく。かなり大きい。それに、ものすごい速さで近づいてきている。

ファレシュには現代でも時折大きな砂嵐がやってきて、甚大な被害をもたらす。現代の家屋でも崩れるくらいだから、この街の、特に貧しい人々の家などひとたまりもないだろう。

街にはたくさんの人がいる。数日前から続く砂嵐で足止めを食らっている各国の商人たちも、あの少年シャフィークも、その家族も。布張りの屋根が砂嵐に勝てるわけがない。

考えるより先に、体が動いていた。

「ラフィ様！」

リマの声を振り切るように走り出し、階段を下って、廊下を駆け抜けた。慌ただしく王宮中の窓を閉めていた人たちがこちらを振り向く。驚かれている。王女が猛然とダッシュしている姿を初めて見たからだろう。でも、そんなことを気にかけている暇はない。

門に着くと、ちょうど門番が閉めようとしているところだった。あの日手当てをした、リマのお兄さんだ。良かった、元気そう、と思いながら走って近づくと、彼は慌てたように手を振った。

「ラフィ王女。砂嵐が来ます。奥へお戻りください」

「砂嵐の到着まではどれくらい？」

「一刻ほどです」

一刻。三十分だ。まだ少し時間がある。

「わかった。門を閉めるのはあとにして」

そう言いながら、門から外に出た。

「王女、一体どこへ？」

「街！　門は閉めないで。街の人たちを入れてあげて」

彼は「信じられない」って顔で私を見つめた。けれどコク、とうなずく。

それを見届け、市場を走り抜けて街へ飛び出した。街の人たちはまだ砂嵐の接近に気づいていないらしい。街をジグザグに駆け抜けながら叫ぶ。

「砂嵐が来る！　王宮へ逃げて！　早く！」

ダメだ、声が届かない。風の唸《うな》る音でかき消されてしまう。

風の強さに不安を覚えたらしい街の人たちが窓から外を覗いたりはするものの、砂嵐には気づいていないようだ。夜の闇に紛れた砂嵐が、じきに街を呑み込んでしまう。

一軒一軒の扉を叩いて危険を知らせる時間はない。でも、いくら声を張ったって街中には届きっこない。ジャッカルの遠吠え並みの声量がないと無理だ。メガホンとかスピーカーみたいなものがあればいいのに。

――スピーカー。

その単語から、連想するものがあった。子供の頃にファレシュの街角のスピーカーから流れてきたもの。時守《ときもり》の鐘の音だ。この時代にスピーカーはないけど、代わりに本物の鐘がある。

鐘の台を見上げた。高い。あの場所からなら街を見渡せるし、街からも私の姿が見える。皆を誘導できるかもしれない。

走った。

そこら中砂だらけなので、足を取られやすい。曲がり角で滑って派手にこけた。立ち上がってまた走り出す。台の下にはすぐに着いた。

鐘まではハシゴを登らなければならないが、壁に囲まれていてハシゴに近づけない。壁を回り込んで見つけた木戸に手をかけると、鍵がかかっていた。何度か肩でぶつかってみたものの、木戸が開くより前に王女の華奢《きゃしゃ》な肩が砕けてしまいそうだった。

――どうする？　どうするの？

壁を見上げた。小柄な王女の身長よりもはるかに高い。越えられるだろうか。いや、越えるしかない。

壁を見据えながら後ずさって距離をとり、深呼吸をした。体操の大会よりも緊張する。大会には人生が懸かっていたけど、こっちは人の命だ。当然と言えば当然だった。

タッと地面を蹴って走り出したが、壁の前で止まった。歩数が合わなかった。先ほどよりも少し下がり、もう一度。駆け寄って手前で踏み切り、壁のてっぺんに手をかけた。ザリ、と手が石の壁に擦《す》れる。ヨシ、成功だ。掴まったまま足で壁を駆け登るようにして、なんとか体を引き上げた。

こちとら少し前まで現役の体操選手だったので、高さに怯《ひる》むことはない。よいしょ、と壁から飛び降りた。砂の地面に軟着陸し、ハシゴを登る。

手をかけて体を引き上げる感覚が、段違い平行棒に少し似ている。得意種目は床だったけど、平行棒も好きだった。黙々と手と足を動かして登っていく。

高いところだからか、風が余計に強く感じる。手を滑らせたらおしまいだ。途中で手にとげが刺さったけど、気にしてなんていられない。

布で顔を覆《おお》っているおかげで砂が口や耳に入らないのはありがたかった。でも、目はほとんど開けていられない。バチバチと全身を砂が打つ。

最後はもうほとんど手探りで登り切り、台の上に身体を引き上げた。

街が一望できるその場所に立ち、近くに置かれていたハンマーで鐘を力任せに叩く。大きな音だ。鐘の時間ではないからだろう、人々がこちらを見上げているのが見える。鐘をなおも叩き続けた。

「王宮へ！」

そう叫びながら、王宮のほうを指さした。

叫び声が聞こえたかはわからない。けれど、何を言わんとしているかは伝わったらしい。ひとり、ふたり。王宮に向かって歩き出す人を見ながら、鐘を叩き続けた。

人の波ができ始める。一番心配だった、街の外側に住んでいる貧しい人たちも王宮へ向かって動き出す。その中に、シャフィークらしき少年の姿が見えた。大人の女性の手を引いている。お母さんだろうか。

鐘の音が高く、遠く響く。

砂漠から迫りくる黒いかたまりを見て肝が冷えた。カリムは無事だろうか。アルジュは、子供たちは。

——彼らは砂漠の民だ。きっと大丈夫。

そう自分に言い聞かせながら鐘を叩く。

砂が増えてきた。視界も悪い。細かな砂があらゆるところに入り込んでくる。目、口、鼻、服の中。布一枚では防ぎ切れない。喉《のど》が痛くなって、ゲホゲホと咳き込んだ。

そろそろ私も王宮に戻らないと。そう思って下を見て、しまった、と思った。

ハシゴが消えている。ハシゴだけじゃない。さっきまで見えていたはずの街も砂漠も、すっかり消えていた。砂で見えなくなっているのだ。視界はほぼゼロ。風の唸《うな》りと砂の当たる音しか聞こえない。

——ダメだ。ここにいるしかない。

下手に動いて足でも滑らせたらあの世行きだ。布で口と鼻を覆《おお》って空気さえ確保できれば、きっとこの場所でもなんとか乗り切れるはず。この華奢《きゃしゃ》な台が崩れたりしなければ、だけど。

オマケみたいにくっついている手すりに掴まり、体を丸めた。

ときどき大きな砂の粒が当たるらしく、鐘が控えめな音を立てている。足元が揺れているのか、自分が震えているのか、その両方なのかわからない。

「ラフィ王女」

じっと丸まっていたら、すぐ近くで声がした。

たぶん声の主も口元を布か何かで覆《おお》っているのだろう。くぐもった声だ。低さから男性なのは確実だけど、カリムではない。何度も言うけど、推しの声を聞き違えることはない。たとえくぐもっていても。

「カリムの名代《みょうだい》で参りました。下へ下りましょう。失礼します」

その誰かが耳元でそう言うと、持ち主不明の腕が私を抱え上げた。ちょっと重たそうだ。ちょうどラクダが立ち上がるときみたいな「どっこいしょー」感がある。

誰だか確認しようと目を開け、砂が飛び込んできたのですぐに閉じた。ほんの一瞬で見えたのは、日に焼けた細く筋張った腕だった。その腕でわかった。たぶんカリムの友人、アルジュだ。筋肉のつき方が、ラクダのミルクを差し出してくれた腕と同じだ。

アルジュと思《おぼ》しきその人は、私を抱えたままハシゴを下り始めた。一段ずつ下りるたび、体が危なっかしく揺れる。揺れるたびに落ちるんじゃないかと怖くなって、アルジュにしがみついた。もしかしたら強くしがみつきすぎたかもしれない。途中で「ぐぇ」という声が聞こえたような気がしたけど、風の悪戯《いたずら》かもしれない。

足が固い地面を捉えた瞬間は、はるか遠くの惑星から帰還した宇宙飛行士くらいの気分だった。そこからまた半ば引きずられるように移動し、風の音が遠ざかるまでずっと目を閉じていた。

「もう大丈夫です」

そう声をかけられ、おそるおそる目を開けて、ようやくその場所が王宮の中庭だと気づいた。廊下が人で埋め尽くされている。みんな自分や家族のことに必死で、こちらには気づいていない様子だ。それが今は心底ありがたい。

体中についた砂を払い落としながら、助けてくれた男性を見つめた。男性は頭の砂をはたいてからこちらを見る。やっぱりアルジュだ。

「ラフィ王女。お怪我はありませんか」

うなずきながらお礼を言おうとしたら、声の代わりに口からどっさりと砂が出た。アルジュから顔をそむけ、顔を覆《おお》っていた布を外して砂を吐き出す。唾液に砂が混じって喉《のど》が痛い。咳き込んで、唾液混じりの砂を出す。耳も鼻も似たり寄ったりの状況だ。

さすがに王女が人前で耳と鼻をほじるのは憚《はばか》られたので、その場では我慢したけど。

「……ぁりがとう」

ようやく言えた。ジャキジャキした声が出た。アルジュがうなずき、胸に手を当てる。

「非常時とはいえ、大変なご無礼を」

何を言っているのかわからず彼を見つめたら、付け加えるように「触れてしまったこと、お許しを」と言われた。そう、ここはファレシュだ。男性が婚前の女性、しかも王女に触れるなんて、あってはならないことなのだろう。

首を横に振り、「とんでもない。助けてくださってありがとう」と言うと、アルジュは安堵《あんど》したような表情を見せた。

「お怪我は？」

「ありません」

「良かった。街の人たちは無事です。勇敢な行動でした」

褒められると痒《かゆ》い。よく考えると、叫びながら街を走り回って鐘を打ち鳴らすという、およそ王女として相応しくない行動をとったわけだし。

「必死だっただけです」

「鍵が閉まっていたのに、どうやってあそこに？」

ちょっと壁を乗り越えましたとも言えず、ぼかすことにした。

「少し離れ業を。ある……あなたは？」

「木戸の鍵を壊しました」

「そうですか。ぶぞ――ゲホ」

喉《のど》がひどくイガイガしたのでしばらく咳き込んで、ようやく聞きたかったことが聞ける。

「部族の人たちは無事ですか」

アルジュは何度もうなずいた。

「洞窟に避難しています。砂漠の民は砂嵐に慣れていますから、大丈夫です」

そう言ったアルジュのたすきに血がにじんでいることに気づき、慌てた。

「あの、お怪我を？」

服の肩も破れている。傷口に砂がついてるせいで見えなかったけど、肩のあたりの砂が赤く染まっているから、傷はかなり深いのだろう。

アルジュは自分の傷に目をやり、肩をすくめた。

「これくらい、かすり傷のうちにも入りません」

「手当てを」

と言っても、何をすればいいのか全く分からないけど。布で押さえるとかかな。そう思っていたら、アルジュが首を横に振った。

「不要です。もう血は止まっています」

そんなはずはない。この短時間でその大きさの傷の血が止まるなんて、血が全部血小板でできているとかじゃない限り不可能だ。でも、これ以上手当てを申し出ると彼の誇りを傷つけるかもしれないと思い、黙ることにした。

——そろそろ耳と鼻をほじりたいな。

アルジュに「少し失礼します」と声をかけ、少し離れた場所に移動した。中庭に生えているヤシの葉に隠れ、耳と鼻の穴から砂をかき出した。出てくるわ、出てくるわ。二十二年間、私は鼻と耳の収容能力を侮《あなど》っていたらしい。

片鼻を押さえてフンッとしたり、片足立ちでトントンしたり、思いつく限りの策を講じて砂を追い払った。そしてアルジュのもとへ戻ろうかと茂みを出たときだった。

アルジュが人ごみの中に何かを見つけたらしく、首を伸ばして声を上げた。

「おい！」

大きな声だ。人ごみのほうを見たけど、みんなアルジュの声に驚いて彼のほうを向いているから、誰に声をかけたのかはわからなかった。

「カリム！」

アルジュが彼の名を呼んだのと、私が彼の姿を見つけたのは、ほとんど同時だった。

「アルジュ！」

カリムがアルジュに気づき、人の波を縫《ぬ》うように近づいてくる。

私はそっと茂みの中に戻った。だって彼はつい先日私を振った人だ。顔を合わせるのはつらい。でも、あと数日で結婚する相手でもある。ややこしい。見つからないように気をつけながら、茂みの隙間から彼を観察した。

元気そうだ。目立つ怪我もない。良かった。

「王女は」

カリムの問いに、アルジュがこちらのほうへ頭を倒しながら言った。

「無事だ。取り込み中」

「街の皆は？」

「無事だ。お前のほうは？　見つかった？」

「まだだ」

サイードの話だろうか。あのオジサン、こんな非常時に客人を置いてどこに消えたんだ。

「まさか、また街に出ていたんじゃ」

「いや、昼間は王宮にいるはずだ」

「使用人に聞けばわかるんじゃないか」

「この混乱のさなかだ。聞いても皆わからないとしか」

「そうか。で、どうする」

「もう少し捜す」

やはりサイードのことらしい。まったく、困った摂政《せっしょう》だ。

カリムは足早に去っていった。ともあれカリムの無事を確認できたことで、心に余裕が生まれた。そのおかげだろう。近くで苦しそうにうめく人の声が耳についた。

周囲を見渡すと、辺りには怪我人があふれている。人が多いせいで怪我人を床に寝かせることもできず、壁にもたれかかる形で座らされている。頭の切り傷など、明らかに急を要する怪我の人もいるようだ。

――手当てして、怪我人が休める場所を作らないと。

外国の要人たちが泊まっている東側を使うわけにはいかない。西側で他にスペースを確保できる場所といえば。

ひとつしか思いつかなかった。茂みから出て、春の庭につながる木戸に向かう。ムーアに聞いた「涸《か》れ井戸から這《は》い出てくる人」の話に怯えている場合ではない。

歩き出してすぐに、誰かが視界に割り込んできた。王宮の兵らしい。大きな体で私の前に立ちはだかり、木戸から遠ざけようとする。

「ラフィ様。ここはなりません」

「おどき」

自分でもびっくりだ。悪役のセリフみたいなのが自然と口から飛び出した。兵も怯《ひる》んでいる。

「ここを開放して、怪我人の手当て場所にするの。鍵を持っているなら貸して」

「お下がりください。サイード様が……」

「そのサイードは今、どこに？」

「……存じませんが……」

背筋を伸ばし、できるだけ威厳を込めて言った。

「摂政《せっしょう》が不在の間、国を守るのは王女である私の役目です」

「……鍵はお渡しできません」

「渡すとあとで罰せられるから？　叔父が怖ければ、私に鍵を無理やり奪われたとでも言えばいいんじゃない？」

「そこをおど――」

彼の目に迷いが生じた。一気に畳みかけないと。

「揉《も》め事ですか」

背後からアルジュの声が割り込んだ。そうだ、彼がいた。手を借りればいい。

「この鍵を壊せますか」

「お任せを」

一撃だった。アルジュが剣を振り下ろすと、あっけなく戸が砕けた。

「おっと……壊すのは鍵、でしたか。誤って戸を壊してしまいました」

誤って、と彼は言ったが、剣を振り上げた瞬間から明らかに戸を狙っていたのを、私は見逃さなかった。鍵は簡単に付け替えられてしまうので、たしかにこのほうがいい。

兵は木片と化した戸を見て青ざめている。それでもまだ戸の前に立とうとする彼を、いつの間にか隣にいたカリムが視線で下がらせた。先ほどまでざわついていた廊下が、今は静まり返っている。

「動ける人から春の庭へ」

それほど大きな声を出したつもりはなかったけど、人々の視線が一気にこちらに集まった。こういうのは慣れてない。でも、そんなこと言ってられない。大きく息を吸い、中庭や廊下全体に聞こえるように大きな声で続けた。

「怪我人の手当てをしたことのある人はいますか」

ちらほらと手が挙がった。砂漠の男たち、それに、巡回兵も幾人か。そして、あの世話係の女性、リマ。ムーアも。

「怪我をしていなくて手の空いている人も、手を貸してくれませんか。皆ご自分の家やご家族のことが心配なのは百も承知ですが、どうか」

もう他に言うことも見つからなくて、深々と頭を下げた。しんとしていた。伝わっただろうか。ファレシュ語は間違えなかっただろうか。偉そうではなかっただろうか。

不安に思いながら顔を上げた。皆がこちらを見ている。

それは不思議な感覚だった。その場にいる人の多くが、自分の言葉に耳を傾けてくれる。そして、ざわ、と波打つように、皆が一斉に動き出した。

そこからはカリムが引き取ってくれた。こうした状況に慣れているらしいカリムの指示に沿って、怪我人たちがグループ分けされ、怪我の重い人から順に手当てされてゆく。

捻挫《ねんざ》したチームメイトのためにアイスバッグを持って走るとか、テーピングを手伝うとか、それくらいの手当てしかしたことのない私は、ここから先はほとんど無力だ。少しでもできることを探すしかない。リマが洗濯室から運んできてくれた布を裂いて包帯を作ったり、水を汲《く》みに行ったり、黙々と作業をした。

人々からはやはり遠巻きにされているし、あちこちから痛いほどの視線が突き刺さっていたけど、敵意のようなものは感じなかった。

「ラフィ王女」

春の庭からほど近い廊下の隅《すみ》に座り込み、布に切れ目を入れて縦に裂いているときだった。声をかけられ、ふたつに割れた布の間から相手を見た。カリムだ。

「お疲れではありませんか」

目が合うと、やはり胸が痛んだ。振られた傷はまだ癒《い》えていない。ゆっくりと目を逸らし、「大丈夫です」と答えた。

「手にお怪我を?」

そう問われ、自分の手を見ると、確かに手の甲と掌《てのひら》に小さな傷がいくつもあった。かすり傷だ。どこでついたのかもわからない。

「このくらい、たいしたことは」

目を逸らしたままそう言ったら、カリムが腰をかがめ、私の表情を窺《うかが》うような仕草をした。

「手当てをさせていただけませ――」

途中で言葉が途切れたのを疑問に思って顔を上げる。そして彼の表情を見て、マズイ、と思った。眉を寄せ、目を見開き、「信じられない」って顔で私を見つめている。

バレただろうか。

ごく、と喉《のど》が鳴った。射貫くような視線と沈黙に耐えかねて、布を持ったまま立ち上がる。

「包帯を渡しに行かないと」

その場を離れようとした私の手を、カリムが掴んだ。強い力ではなかった。思わず引き留めた、という感じだった。手が触れた瞬間に彼の心に浮かぶものが見え、完全にバレたのだと悟った。

彼の心にいるのは、もうひとりの私だ。ベールをかぶっていない男装姿のイツキ。もっと言うと、ババシャツ、ステテコでびしょ濡れの私だった。恥ずかしい。

そのまま物陰に引きずられる。

「イツキ、一体どういう――」

「カリム？　そこか」

ひょっこりとアルジュの顔が覗いた。ちょうどカリムが私の顔の布をゆっくりと剥《は》がしたところだった。

「手が空いたならイツキを捜しに行ってい――イッ」

アルジュが自分で自分の口を塞ぎ、私とカリムを交互に見る。

「待て、待て待て」

アルジュが焦った様子で言った。カリムは布を持ったまま眉根を寄せている。ただ混乱しているだけなのか、怒っているのか、わからない。

「イツキ……その格好はなんだ。ホンモノのラフィ王女はどこだ」

カリムの鋭い問いに、手をかざして中指の指輪を見せた。

「今あなたの目の前に立ってる」

ハチミツ色の瞳が揺れた。よろ、と後ずさりながらこちらを凝視している。

「そんな……まさか」

「婚約披露のときに初めて会ったくらいだから、わからなくても仕方ないね。顔もほとんど隠れてたし」

「だが、目の形が……」

「すごく濃い化粧をしてたから」

カリムは一度強く目をつぶり、開けた。相変わらず険しい表情だ。

怒っているのだろうか。まぁ、当然か。騙された、と思っているのだろうし。

――こんなことなら、やっぱりあの振られた夜に話しておけば良かった。

どこから説明しようか、そもそもバレた今になって何か言ったところで信じてもらえるだろうか、とぐるぐると考えていたら、遠くで赤ん坊の声が聞こえた。その声に引き戻され、カリムを見た。彼の視線があわただしく動き回る人々に向けられる。ハチミツ色の瞳に映るものを見て、うなずいた。

「今はこっちが先だね」

そしてもう何も言わず、三人ともバラバラに散る。

その夜は一晩中ずっと歩き通しだった。王宮中の布という布が引き裂かれて包帯や毛布に姿を変えた頃に、ようやく王宮は静けさを取り戻した。


翌日の朝焼けはとても美しかった。

その赤い光の中を、男がひとり歩いてくる。おそらく一睡もしていないのだろうに、砂漠を踏みしめる足取りはしっかりとしている。その長身を光が縁《ふち》どって、眩しいくらいだった。

「カリム」

「洞窟に仲間の様子を見に行っていた」

彼はまだ部族を束ねる立場にある。率いるべき人々の傍にいられず、心配だったに違いない。

「どうだった?」

「人は皆無事だったが、ラクダを一頭失った。途中で怪我をして、洞窟まで連れていけなかったんだ」

「そう……残念だね」

どのラクダかは聞かないでおいた。どのラクダもとても可愛がっていたから。

「王宮の東側の様子も見てきた」

「客人たちの様子は？」

「動揺はしているが、怪我人はいない。大丈夫だろう。頑強な壁の中にいたのだし」

「そうだね。サイードは見つかった？」

「いや。まだだ」

こんな非常時にどこをほっつき歩いとるんだ。絶対に碌《ろく》な理由じゃない。怒ってる暇がないのであんまり考えないことにしているけど、指導者失格だ。

鼻息荒くフガフガしていたら、周囲を見渡していたカリムがこちらを見た。

「こっちの様子はどうだ」

「落ち着いてるよ。皆内心はすごく不安だろうけどね。アルジュが街の様子を見てきてくれたんだけど、家はかなりの数倒壊してたって」

「そうか。これからが大変だな。住む場所の確保もしないと。当面はテントか……」

「春の庭をそのまま開放すればいいんじゃない？」

「……何？」

「怪我してる人と子供が最優先。あとは、家を失った人たち。十分ではないけど、眠る場所は確保できる。あそこなら屋根もあるし、快適とまではいかないにせよ、安全に過ごせるから。厨房の人に聞いたら、当面の食糧は結婚式のために用意されていたもので賄《まかな》えそうな返事だった」

カリムはうなずきながら私の話を聞いていた。そこへアルジュがやってくる。

「カリム。サイード閣下のご帰還だ」

「どこにいたって？」

「墓地だと。王と王妃の墓にいたら砂嵐が来たんで、去るまで墓地の中にいたらしい。お前を呼んでいるそうだ」

「……わかった。行ってくる。アルジュ、戻るまで王女を頼む」

「頼まれた」

カリムは去り際にこちらを向いた。

「王女」

「はい」

「少し寝たほうがいい」

「お気遣いどうも。あなたもね」

カリムは笑わず、歩み去っていった。

残されたアルジュと私は立って向かい合う。アルジュがすぐ傍のベンチを指した。座ろう、ということらしい。腰を下ろして初めて、自分がとても疲れていたことに気づいた。足が重い。

「アルジュは座らないの？」

「王女の隣に座る権利は、夫にしかありません」

「今更感があるけど」

「知らなかったことが免罪符になると信じています。そうじゃなきゃ、あなたの未来の夫は俺を殺す権利を得ることになる」

「それはまた物騒な」

「ですから、このまま言わせてください。王女」

アルジュが真面目くさった顔で言う。

「はい」

「数々のご無礼、どうかご容赦《ようしゃ》ください」

腰が直角になるくらいに深々と頭を下げられた。

「やめて。普通に話してよ。お願いだから」

慌てて言い募る。この言葉を予想していたらしく、アルジュは顔を上げ、やれやれって表情で肩を動かした。

「……カリムとは話せた？」

良かった。いつも通りだ。

「肝心なことは何も。話しにくい雰囲気で」

「混乱してるんだろ。許してやって。手を伸ばすべきじゃないと思って死ぬ気で手放したものが突然転がり込んできたんだから。砂嵐の中、君を捜し回ってたあいつの顔を見せてやりたいよ」

「私を捜してたの？」

「そうだよ。君の無事を確かめるためだけに」

そっか、と思った。

「カリムを責める権利がないのはわかってる。本当にごめんね。騙す気はなかったの。色々と込み入ってて」

「信じるよ」

「ありがとう、アルジュ」

「その代わり、カリムを信じてやってほしい。あいつも色々と込み入ってるんだ」

「……うん」

うなずいた。アルジュは満足そうな顔をしたあと、「ところで」と言う。

「大丈夫なの？」

「何が？」

「春の庭。閣下」

単語だけだったけど、意味はわかった。勝手に春の庭を開放したことを、サイードに知られて大丈夫なのか、と。

「たぶん大丈夫じゃないと思う」

「いいの？」

「まぁ、夜にジャッカルに囲まれるよりは、命の危険は小さいと思うよ」

「違いないね」

はは、とアルジュが明るく笑った。

王女の頬と黄金の刀

「この状況は一体どういうことだ！」

案の定、その日のうちにサイードから呼び出しを食らった。

サイードの顔は、私が部屋に入った瞬間から怒りで真っ赤だった。マズイ状況なのは確かだけど、気分は落ち着いていた。アルジュと話した通り、ジャッカルに囲まれていた状況と比べれば、怒り狂ったオジサンを相手にするほうがまだマシだ。言葉の通じなさは似たり寄ったりだけど、少なくともオジサンは七人もいないし、私にかじりついて食べたりはしない。

だから、怒鳴り声にも冷静に対処できた。

「ご存じの通り、砂嵐が来まして」

「そうじゃない！　なぜ春の庭が人であふれ返っているのだ！」

「街の人たちが王宮にいるからです」

「春の庭を開放し、あまつさえ祝宴のための食糧を振る舞うなど、勝手なことを！」

「申し訳ありません」

「謝って済むと思っているのかっ！」

じゃあ、どうせいっちゅうのよ。

私の脳内ツッコミをよそに、サイードが唾《つば》を散らして叫ぶ。

「結婚式のため大事な客人を迎えているというのに、街の人間がこうもいては――」

「お客様たちもわかってくださるはずです。それに、街の人は皆春の庭で過ごしていますから、お客様をお泊めしている場所は問題なく使えます。外国から来てくださる方々が大切なのと同じように、ここに根差す人たちも大切では？」

「街の人間と要人が同じに大切なはずがないだろう！　王族の自覚を持て、ラフィ！」

「王族が国の人々を軽んじるのですか。人々なくして国など存続し得ないのに。ましてや今の彼らは、命からがら災難を逃げ延びたばかりです。中には怪我をした人や、持病のある人もいます」

「黙れ。お前に政《まつりごと》の何がわかる」

「政《まつりごと》がわからないのは、亡き国王から贈られた本をあなたが奪い取り、目の前で燃やしたからでしょう。自分で機会を奪っておいて、わからぬことを蔑《さげす》むのですか」

ムーアから聞いた、というよりもムーアの記憶の中に見たことだ。

もう、自分が速水樹として話しているのか、ラフィ王女として話しているのか、よくわからない。

ただ、どちらにしても、言いたいことには大差はないような気がした。

「風雨をしのげる場所など他にいくらでもあるだろう！　砂漠にテントでも張ればいい！」

「それは……いい案ですね」

サイードを正面から見据える。

「そんじゃ、あなたが砂漠にテントを張ってお過ごしください。そうすれば、あなたの部屋を重傷者のために使えます」

「それでは」と言おうとしたのに、怒りで舌がもつれて「そんじゃ」になった。ファレシュ語の敬語は難しい、仕方ない。

「何を言うか！」

「人が生きるのに風雨をしのぐ以上のものを必要としないと言うなら、あなたこそ王宮を出て砂漠で過ごしてみればいい。夜にどれだけ寒くなるかご存じですか。ひと晩でも過ごしてみたことがありますか。この安全な場所にいて、頑丈な壁に囲まれていて、王宮にはまだ人が入る余裕があるのに、街の人を追い出したいですか。なぜ？」

本心から疑問だった。

サイードが目を細める。

「誰に向かってそんな口を。儂《わし》の王宮でそんな勝手は許さんぞ」

「いつからここがあなたの王宮に？　ここはその名の通り、王の住まう宮殿です。あなたは王ではないはずです、摂政《せっしょう》殿」

彼は答えず、手を振り上げた。私が怯《ひる》むのを待っている。こうやって、いろんな人を従えてきたのだろう。でも、私は覚悟を決めてここへ来たのだ。これくらいで退《ひ》いてたまるものか。すでに心はバッチコイだ。

「どうぞ」

予想外な言葉だったらしい。サイードが一瞬怯《ひる》んだのがわかった。

両手を上げ、一歩前に出る。そして目を閉じた。

「お好きなように」

予想通り、頬を叩かれた。初めてここへ来たあの日は驚いたけど、あらかじめわかっていれば耐えられない痛みではない。耳を叩かれると鼓膜が破れそうなので、立つ位置にだけは気を配った。顎《あご》が外れないよう、歯を食いしばる。一発で許してくれるはずはない。うずくまったら蹴られるかもしれないと思ったから、立ったまま耐えた。これくらい、なんてことはない。いや、嘘。かなり痛い。めっちゃ痛い。エッまだ続くの――？

途中で頬の感覚がなくなった。おかげで痛みからも解放された。

口の中で血の味がし始めた頃にようやく終わった。たぶんサイードの手が痛くなったのだろう。目を開けると、サイードが自分の手を押さえていたから。

「街の人間を追い出せ」

「お力にはなれません」

痺《しび》れた頬がちゃんと動かないせいでモゴついたけど、なんとか言えた。

「もういい、他の人間にやらせる。お前は下がれ」

言ってやりたいことはまだ他にもあったけど、頬がかなり痛かったので、一旦退却することにしてその場を辞した。幸いにも顔は布で隠れているから、叩かれたことには誰にも気づかれずに済みそうだ。

その足で春の庭へ行き、街の人たちと少し話した。みな口数が少ない。不安だからだろう。「いつまでもここにいられる」と言えたらいいけど、サイードがあの様子では、そうもいかない。「きっと大丈夫」みたいな中途半端な声をかけ、微妙な笑顔を見せるので精一杯だった。

——無力だなぁ。

そう思いながら、中庭に立って空を見上げた。

本当に無力だ。体操しかしてこなかったから、こんなときに役に立ちそうな知識が何もない。交渉術とか、人心掌握《しょうあく》術とか、そういうのを知っていれば、サイードを説得できるかもしれないのに。

足音が聞こえ、空から視線を外して音のほうを見ると、カリムが立っていた。

「カリム」

「……捜した」

そう言って近づいてきたカリムは、少し離れたところで立ち止まる。

「何を見ていた？」

「空」

そうか、と呟きながら、カリムも空を見た。

彼の横顔に向かって語りかける。

「黙っててごめんね」

彼は空を見上げたまま言った。

「謝る必要はない。腹を立てているわけではないし」

「怒ってないの？」

「腹を立てる権利はない。知っての通り、俺にも隠し事があるから」

「そっか。たしかに」

その言葉通り、彼は怒っているわけではないらしかった。

ただ信頼を失っただけだ。イツキとしても、王女としても。

ハチミツ色の目がゆっくりと動き、瞳に私の姿を捉えた。表情は穏やかだが、何を考えているのかはわからない。

――どうしたもんかね、この気まずい空気を。

空は抜けるほどきれいなのに、私たちの間にはどうしようもなく分厚い雲が垂れ込めている。その雲を吹き飛ばすには腹を割って話す以外ないと思うのだけど、カリムは秘密を決して明かさない。

「ねぇ、かり――」

「街の人は王宮に残れることになった」

私の呼びかけを遮《さえぎ》るようにカリムが静かに言った。

「……どんな魔法を使ったの？」

「追い出せと言われたから、断わった」

なるほど、サイードの「他の人間にやらせる」というのはカリムのことだったのか。たしかに姪《めい》の結婚相手に選ぶくらいだから、カリムのことを信頼しているに違いないけど。

「あの人、怒らなかった？」

「代わりに閣下も利益を得たから」

「……もしかして、貢《みつ》ぎ物？」

カリムが肩をすくめる。

「まぁな」

「今度は何を差し出したの？」

「『今度は』、か」

カリムは苦笑しただけで、私の言葉を否定しなかった。つまり、前にも何かを差し出したことがあるということだ。王女の婚約者という地位をサイードへの貢《みつ》ぎ物で手に入れた、というムーアの言葉は——全部ではないかもしれないけど——真実なのだろう。

「黄金の剣を渡した」

「それって……前に見せてくれた、某国の富豪がくれたっていう？」

「そうだ」

「大事なものなんじゃないの？」

「ああ。でも、俺が差し出せるもので、閣下が欲しがるものは他に残ってなかった」

「そっか」

すごいな、と思った。

無力な私は頬を差し出して何も得られなかったけど、カリムは宝剣を差し出して望む結果を得た。何を差し出せばいいかわかっているカリムは、私の何枚も上手《うわて》だ。

「……すごいね、カリムは。やっぱり、きっといい王様になるよ」

ふぃ、と顔をそむけたのは、自分の無力さが嫌になったからだ。

「こっちを向け。顔を見て話したい」

「結婚までは顔を見ちゃダメなんだよ」

「その手の禁忌《きんき》はすでに破り尽くしてるだろう。結婚までに顔を見てはいけないし、結婚までにふたりきりで話してもいけないし、男とふたりでラクダや馬に乗ってもいけない。全部破っている。顔ならもう何度も見た。今更隠すことなどないだろう。話がしたいだけだ。頼む。今だけは布を外してくれ。誰と話しているのか、ちゃんとわかっていたい」

カリムの懇願モードに、これ以上抗《あらが》えなかった。顔を覆《おお》う布に手をかけ、正面のカリムからだけ見えるように布をたるませる。肌がぬるい外気に触れた。痛い。

「頬を……どうしたんだ」

「腫《は》れてるの」

「それは見ればわかる。俺が聞いたのは『なぜ腫《は》れているのか』だ」

「ちょっとね」

「ちょっと、で頬をそんなに腫《は》らすのか。ひどいぞ」

「ちょっとしたことだよ。転んでぶつけたの」

叩かれ損に終わったほっぺたビンタの話をするのがなんだか恥ずかしくて、言えなかった。

カリムが自分の服の袖をちぎり、近くにあった水がめの水に浸して渡してくれる。それを頬に当てた。冷たくて気持ちいい。

「で？　本当はどうしたんだ」

「だから、転んで」

「両頬をぶつける転び方なんてない。馬鹿な嘘はよせ」

――たしかに。

「……ぶたれた」

「誰に」

「王女をぶつ奴なんて、候補が多すぎてまるで見当もつかないもんね」

「皮肉はやめろ。閣下か」

「イタタ……ご名答」

カリムの顔が険しくなった。

「……怖い顔してるよ」

「怒ってるからな」

「誰に？」

カリムは答えなかった。

「なぜぶたれた？」

「ちょっと口答えしたの。いや、ちょっとじゃなくて結構だったかも」

「口答え？」

「見解の相違があったから。私は街の人たちをここにとどめたくて。でも、カリムみたいに差し出せるような宝剣なんて持ってないし、そんな方法思いつきもしなかったし」

「それで頬を差し出したのか」

「差し出した……まぁ、『どうぞ』とは言ったかな」

カリムはわかりやすい大きなため息をついた。

「閣下の気質はよくわかっているだろう。あと数日大人しくしておけば良かったのに」

「どうして？」

「数日後には、君はこの国の王妃になる。そうなれば閣下は摂政《せっしょう》の任を解かれ、君は閣下よりも上の立場に立つことに――」

「でも、それじゃ意味がないでしょ」

カリムのハチミツ色の瞳がこちらを見つめている。

「どういうことだ」

「権力を得るまでは黙ってて、権力を得た途端に『間違ってる！』って主張するのは、権力の大きさで正義が決まるのを肯定したことにならない？　あの人のほうが威張れる立場にあるからこそ、今逆らう意味があるんじゃゃない？」

「殴られても、か」

「殴られるのが嫌で彼に屈したら、『殴れば言うことを聞く』って認めることになっちゃう」

正されなければ、それがはびこっていく。サイードの横暴を許す、または見て見ぬふりをする空気は、おそらくそうして出来上がってきたものだ。その空気は長い年月を経て「文化」や「伝統」

と呼ばれるものに形を変えていく。それだけはダメだ。

現代のファレシュを、母が生き、父が愛した国を、そんな場所にしたくない。

「それに、私気づいちゃったんだよね。あの人は私がいなくなったら権力の基盤を失う。だからどんなに私に腹を立てても、命まではとられない。他の人よりも逆らいやすい立場なの」

言い終えてから、顔の覆《おお》いを戻した。

「カリムの言ってた『犠牲じゃない』っていうの、意味がわかった気がするよ。私、叩かれたくて……いや、叩かれたくはなかったな、ええと、そう、自分の選択で叩かれた。だから、別にこれを『犠牲』とは思わない。むしろちょっと誇らしい、かな」

痛いけどね、と付け足すと、カリムがゆっくりと口を開く。

「君は本当に不思議な人間だな」

「褒め言葉？」

「王女と婚約している身でありながら、気がつくと、夜に出会う不思議な女の子のことを考えていた。君と王女が同一人物とわかって、驚きの次に襲ってきたのは喜びだった。もう悩む必要がないからだ。だが、わからなくなる。君は誰なんだ。イツキなのか、王女なのか」

「私がその疑問に答えたら、教えてくれる？　カリムの秘密も」

私は懲《こ》りずに少し期待していた。いや、結構期待していたのかもしれない。彼の表情が曇ったのを見て、ズキ、と心が痛んだから。

「……それはできない。君を信頼していないわけじゃないいんだ。ただ――」

カリムの手がこちらに伸びてくる。私はその手を避けた。今彼の手を通してあの女の人の顔が見えたら、たぶん私は耐えられない。

布で狭くなった視界の真ん中に捉えたカリムは、傷ついたような顔をしていた。

私も布の中で、たぶん傷ついたような顔をしていたと思う。

盲《めし》いた美女

その夜、私はひとり、部屋のバルコニーから街を見ていた。砂嵐は去り、星明かりが街を優しく照らしている。ただ、街の様子は優しさとはかけ離れていた。人々が普通の暮らしを取り戻すまでにどれほど時間がかかるのか、想像もつかない。

月はもうほとんど円に近い形まで膨らんでいる。明日には満月を迎えるだろう。

——結婚式、できるのかなぁ。

結婚式のために用意されたと思《おぼ》しき高級そうな布たちが包帯へと姿を変え、宴会用に取り揃《そろ》えられた豊富な食料は春の庭で過ごす人々に分配された。豪華な飾りつけや宴会は無理だろう。

明るい月を見ながらぼんやりと考えた。

結婚して、カリムが王様になって、そうしたら私はここを出ていける。

でも、不思議と心が躍《おど》らなかった。荒廃した街を、ようやく心が通い始めた王宮の人たちを、そして何よりカリムを残して、当てのない旅に出ることが幸せだとは思えない。

このまま王宮にとどまれば、彼の一番にはなれなくても、一番傍にはいられる。それはもしかすると、幸せなことかもしれない。

それはストンと心に落ちて、逃げ出したい、という感情を押しのけるように私の心に居座った。見つかるかどうかわからない竜の涙を探して砂漠をさまようよりも、きっとここで居場所を見つけるほうがいい。

そんなことを思っていたら、視界の端、はるか遠くで何か白い布切れがはためくのが見えた。砂漠とは反対の、岩山のほうだ。暗くゴツゴツとそびえる岩の中で、その布だけが目立っている。

じっと目を凝《こ》らして布切れを追っていたら、王宮の裏側の岩山を回り込んでいった。

ムーアの話では、岩山の向こうには王家の墓地があるはずだ。

——そういえば、砂嵐の間姿を消していたサイードは王家の墓地にいたと言っていた。

そう思い出して、すぐにバルコニーから外に下りた。

あれはサイードに違いない。王女の日記によれば王と王妃とそんなに仲が良かったわけでもないサイードがこんなに頻繁に墓に行くなんておかしい。何かある。

砂嵐の混乱のせいで王宮の警備はグダグダだ。おかげで誰に見とがめられることもなく抜け出した。砂に足を取られながら歩き、岩山の間の細い道に入る。くねくねと入り組んだ道を進んでいくと、大きな門が見えてきた。きっとあれだ。

墓地なんて、夜に近づきたくない場所ランキング断トツの一位だ。ホラーな空気感を覚悟しながら門をくぐったら、想像していたのとは全然違う光景が広がっていた。まるで美術館みたいだ。

いくつもの台座の上に石造りの大きな像が立っている。たぶん昔の王様だろう。ちゃんと人の形をしているものもあれば、砂で削られてしまったのか、現代アートにありそうなくにゃくにゃした形のものもある。

石像の台座に体を隠しながらサイードの姿を捜したけど、見えない。砂を踏む足音も聞こえない。見間違いだったのだろうか。

砂嵐が去ったとはいえ、まだ強い風が頭上を吹き抜けていく。

ふと、ぬるい風に混じって何かひんやりとした空気を感じた。その空気を辿って歩いていくと、ひときわ立派な像の台座に辿り着いた。足がまたひやりとする。ちょうど、冬の寒い日に窓から流れ込んでくる寒気《かんき》みたいだ。台座と地面の間から冷たい空気が噴き出してきているらしい。

「わっ」

その隙間を見てみようとしゃがんで手をついた台座が、ずるりとズレた。そのせいで崩れた体勢を慌てて立て直しながら、ズレた台座を見つめる。

地下へ続く暗い穴がぽっかりと姿を現していた。ご丁寧に階段があり、底のほうからは足音のようなものが響いてくる。

——絶対に逃げたほうがいい。

本能はそう叫んでいた。全身がトリハダでびっしり覆《おお》われている。

それでも好奇心が勝ったのは、たぶん目の前の状況があまりにも現実離れしていたせいだ。RPG《ゲーム》

の地下ダンジョンによく似たその階段を、下らずにはいられなかった。

残念ながらゲームの主人公と違って私は丸腰だし、ライフはひとつだし、回復魔法も使えない。ダンジョンの地図が入った宝箱なんてものはないし、死んだときにゲームを続行《コンティニュー》するかどうか聞いてくれる優しい大妖精もいない。

だから、足音を立てないように慎重に階段を下った。

狭く暗い道だ。このときばかりは、王女の体の薄さに感謝した。

ほどなくして、前を行く誰かの息遣いや、その人の持つ灯りが見えるようになってきた。やっぱり、サイードで間違いなさそうだ。

慎重にあとを追う。

サイードは何かぶつくさとつぶやきながら歩いているらしく、私の存在には気づいていない。

平らな場所に着き、また細い道を進む。天井の高さは一定ではなく、かがまないと進めないところもあれば、立って進めるところもあった。王女の小柄な体でそれだから、大柄なサイードが通るのはかなり困難なのだろう。小さな穴に体を押し込みながら悪態をついているのが聞こえた。

中はアリの巣みたいに複雑な作りらしく、あちこちに横穴がある。

――サイードを見失ったらまずい。

心の中に焦りが生じたその瞬間、ずり、と足が滑った。ぱらぱらと足の下で細かな石が音を立てる。

サイードが振り返ろうとする気配があって、慌てて横道に身を隠した。バレるかもしれない。もしそうなったら、秘技・急所蹴りで逃げるしかない。

足に力を入れて身を固くしていると、奥から何か大きな声が聞こえた。誰かを呼ぶような声だ。サイードのものじゃない。

息をひそめていると、サイードが遠ざかっていく気配があった。良かった。向こうに気を取られたらしい。

少し間を開けて、またサイードのあとを追う。しばらく進んだ先に、小部屋のような空間があった。サイードが何か話しながら中に入っていくのを見送る。

——誰かいるのかな。

壁に背中を張り付けて肩越しにそっと中を覗き……息を呑んだ。

牢《ろう》だ。部屋の奥に鉄格子で囲まれた一角があり、中に人がいる。サイードの持つ灯りでできた鉄格子の影が壁に伸びて、不気味なストライプ柄を描いている。

「飯を持ってきてやった」

サイードの声に応えて中の人が顔を上げた。その人の顔が見えた瞬間、変な声が出そうになって慌てて口を押さえる。

——あの人だ。

間違いない。自信があった。頬の肉がこけているけど、目が同じだ。星を宿したような不思議な色をしている。カリムの心の中に浮かぶ、あの女性だ。

「お前は、私にふさわしい場所で過ごす姿が見えると何度も言ったな」

サイードの乱暴な問いかけに、牢《ろう》の中の女性がうなずいた。

「たしかだろうな」

またうなずく。

「今回の砂嵐は予知できなかったくせに！」

「……」

「言い訳はいい！　能力を示せ！　なんのためにこうしてお前を生かしていると思う。役に立つことを証明しろ！」

低くぼそぼそと答える声を、サイードが一蹴するように遮《さえぎ》った。随分イライラしているようだ。邪悪な表情をしているのが背後からでもわかる。モサモサと伸びた髭《ひげ》のせいで悪役感も増し増しだ。

「近頃うまくいっていない。ラフィの奴、なぜ急に反抗的に。勝手なことをしてくれたおかげで遠回りする羽目になった」

サイードがなんのことを言っているのかはわからなかった。

「最近新たに見たものは？」

低い声が何か答えた。その言葉を聞くなり、サイードが牢《ろう》の中に手を入れ、女性の肩を揺さぶる。

「ない、だと!?　ふざけるな！　何かひとつくらい見ただろう！　お前の中に流れる竜の血はどうした！」

そこまで聞けば、事情はほぼ把握できた。閉じ込められているあの女性も竜の子なのだ。さっき「予知」と言っていたから、たぶん未来を見る力があるのだろう。

サイードは彼女が見る何かを知りたくて、牢《ろう》に閉じ込めている。

カリムの『迎えに行く』という約束は、やはり彼女に対するものだったのだ。サイードに奪われた彼女を取り戻すために、彼はサイードに取り入り、王女の婚約者の地位に収まった。

ひとりで納得していると、女性がまた何か言った。声が小さく、何を言っているのか聞こえない。

「そうだ。ここももう安全じゃない。春の庭に人がうじゃうじゃしてるからな。ガキどもが遊び回っていて、偶然にでも通路を見つけるかもしれん。すぐに新しい場所を手配して移動せねばならん。忌々《いまいま》しい」

こちらもなるほど、だ。パズルのピースが、ひとつひとつはまっていく。

ここは春の庭に続いているらしい。

私が街の人を春の庭に案内したことを知って、サイードがあれだけ腹を立てたのも納得だ。自分の秘密を知られてしまう可能性が増すし、何より、この場所へ通いづらくなってしまったから。サイードがさっき「遠回りする羽目になった」と言っていたのは、このことだ。

——戻ってカリムに知らせないと。

カリムに知らせて、サイードが彼女をここから移動させる前に助けに来ればいい。

でも、もしもサイードが彼女をすぐに移動させる気なら？　カリムに知らせに行っている間に場所を変えられてしまったら、もう見つけられなくなるかもしれない。

どうすればいいのか迷っている間に、サイードが動き出した。

横穴に身を隠し、息をひそめる。彼がすぐ脇を通り過ぎるのを待ち、さらに足音が遠ざかるのを待って、横穴から出た。そして、忍び足で女性のいる牢《ろう》のほうへと近づく。

女性はこちらを見ていた。

不安げな表情だ。友達の家の犬が、リビングで特大のホカホカな落とし物をして家族に怒られたときに、ちょうどこんな顔をしていた。

警戒されている。たぶん、とても。

「あの」

話しかけながら近づいて、ハッとした。

「もしかして、あなた、目……」

こくん、と女性が小さくうなずく。星を宿したような不思議な色の瞳がこちらを見つめている。けど、いつまでも視線はぶつからない。見えていないらしい。

「あの、あなたを傷つける気は全くないの」

さりとて味方かといえば、この女性がおそらく愛しているのであろうカリムと一応は婚約しているわけで、なんとも微妙な立場にあるんだけども。

「ええと、人生のすべてを賭けてあなたを捜している人がいるんだけど、誰のことかわかる？」

女性はうなずいた。その口元に控えめな笑みが浮かぶ。唯一無二の美しい瞳にすらりと通った鼻筋、左右対称に弧を描く唇。きれいな人だ。ムカつくくらい。

「まずはここから出ないと」

——でも、どうやって？

見るからに頑丈そうな鉄格子と、呆れるくらい大きな錠前が私と彼女の間を隔《へだ》てている。一応錠前を掴んで引っ張ってみたけど、ガシャガシャと音がするだけでビクともしない。

「やっぱり人を呼びに行ったほうがいいかな、でも、早くここから出たほうがいいし……」

落ち着かずに反復横跳びみたいなステップを踏んでいたら、背後で砂を踏むジャリ、という音がした。

――しまった。

サイードが戻ってきたのか、と鋭く振り返る。予想に反して、小さな姿がそこにあった。

「シャフィーク！」

今は春の庭に避難している、あの少年が立っていた。

「……僕の名前、知ってるの？」

そういえば今は王女の姿だったな、と慌てて「そう呼ばれているのを聞いたから」と言うと、少年は納得したようにうなずいた。

「王女様が出ていくのが見えたから、こっそりついてきたんだ」

「そう」

危ないことを、と叱りたくなったけど、自分も同じことをしているので何も言えない。

「その鍵、開けたいの？　僕が開けようか？」

「……開けられるの？」

「うん、たぶんね」

そう言うと、音もなく寄ってきて、錠前の穴を覗き込んだ。

「いけると思う」

そううなずくと、どこからともなく取り出した細い釘のようなものを鍵穴に差し込み、カチャカチャと動かしている。迷いのないシャフィークの手元を見ながら、きっとこれは良からぬことに使うために身につけた技術なのだろうな、と思った。

牢《ろう》の中の女性の表情がくつろいだものに変わってゆく。たぶん彼女は、鍵が開く未来を見たのだろう。ほどなく、カチという音がして、錠が外れた。

扉を開け、女性のほうへ手を出す。筋張った手が私の手首を掴んだ。

「歩ける？」

こくん、と女性がうなずく。

「逃げないと。シャフィークも」

女性は心得たとばかりにうなずき、私の手をとって歩き出した。私はもう片方の手をシャフィークとしっかりとつなぎ、女性に続く。

「見えるの？」

シャフィークの問いには首を横に振った女性だったが、進む方向には自信があるようだった。

あんな小さな牢《ろう》の中にいたら無理もないとわかっているけど、筋肉まですっかり痩《や》せ細った後ろ姿は、痛々しくて見るのが辛い。上腕三頭筋があるはずの場所がげっそりと抉《えぐ》れているし、僧帽筋《そうぼうきん》なんて跡形もなく消え失せている。

しばらく歩いていると、かすかな光を感じるようになった。

「もう少しかも」

そうつぶやくと、前を行く彼女がうなずいた。角を曲がると急に視界が明るくなり、少し行ったところにひときわ眩しい場所がある。上から光が差し込んでいるらしい。地面に光の円がある。

「あそこだ。外につながってる」

走り出したい気持ちだった。暗闇は心臓に悪い。

三人で光の輪の中に立って上を見上げて、確信した。やっぱり春の庭につながっている。これは庭の中央にあった井戸だ。涸《か》れ井戸の底に横穴があって、暗い洞窟につながっていたというわけだ。

ムーアの言っていた「井戸から這《は》い出してくる人間」というのは、サイードで間違いなさそうだ。

井戸の底からじっと空を見上げた。石造りの井戸だから、頑張れば登れそうな気もする。でも、長い間牢《ろう》に閉じ込められてすでに息の上がっている彼女は、自力でここを登るのは無理だろう。

「誰か！」

どうかサイードに聞こえませんように、と祈りながら声を上げる。縦穴に声が響いた。

「王女様！　そんなところで何を!?」

すぐにリマの顔が覗く。もちろんだけど、ものすごく驚いた表情をしている。

「リマ、その辺にハシゴか何か、ある？」

彼女の顔が少し離れ、キョロキョロと辺りを見回しているのが見えた。

「ロープならば」

「持ってこられる？」

「すぐにお持ちします」

「ありがとう。あの、他にも人はいる？」

「はい」

「誰かに頼んで、カリムを呼びに行ってもらえる？」

「わかりました。なんとお伝えすれば？」

「『あなたの約束が果たされるときが来た』って伝えて」

「承知しました」

すぐにロープが下ろされた。太さからして、強度は問題なさそうだ。井戸のつるべを上げる滑車にロープを引っかけてもらい、そのロープの先に体を結ぶ。

わらわらと井戸の縁《ふち》にたくさんの顔が覗いていた。

「みんな、引っ張り上げるのを手伝ってくれるそうです！」

「ありがとう！」

まずはシャフィークからだ。体が軽いおかげで、彼はすぐに引き上げられた。彼の体から外されたロープがまた、こちらに投げ入れられる。

そのロープを受け取って手繰《たぐ》り寄せていたら、隣で女性が体を固くしたのがわかった。理由を問う前に、暗い洞窟の奥からサイードの野太い声が響いてくる。戻ってきたのだ。そしておそらく、空《から》の牢《ろう》に気づいてしまった。

マズイ。かなりマズイ。

「急がなきゃ、来ちゃう」

ロープを彼女の細い胴に巻き付けた。圧が一ヶ所にかかりすぎないように、太腿《ふともも》にも巻く。何せ骨を保護する筋肉と脂肪が足りないので、骨が折れやしないかと心配でたまらない。

でも、マゴマゴしている時間はない。

「引っ張って！」

そう声を張り上げると、ロープがピンと張った。彼女の体がゆっくりと引き上げられていく。

目が見えない彼女は不安なはずだ。ロープの擦《す》れる音を聞きながら、彼女を勇気づけようと下から声をかける。

「大丈夫だよ、大丈夫だからね」

今にもサイードが姿を現すのではないかと不安で、少しずつ上がっていく彼女の姿をじりじりと見守った。

随分長く感じたけど、時間の感覚はアテにならない。大学の講義なんて、「もうそろそろ講義も終盤か」と時計を見たら、開始から二十分しか経っていなかったくらいだ。

サイードの怒鳴り声が近づいてきた。今のサイードの怒りっぷりだと、何をされるかわからない。

早く、早く、早く。

それ以外に何も考えられない。

女性が井戸から引っ張り上げられるのが見えた。もう少しだ。もう少しでロープが下りてくる。

それに掴まれば――

「……ラフィ」

妙に高いしゃがれ声。わざと甘ったるい声を出そうとしているような、気味の悪い声色だった。

万事休す。

私はゆっくりと振り向いた。それ以外に選択肢はなかった。

光の円の外側にサイードが立っていた。

「ここで何をしている」

声こそ静かだったが、表情は怒りに満ちている。誰かからこれほどの負の感情を向けられたのは初めてだ。背中の産毛がさざ波みたいに立ち上がるのがわかった。

「ラフィ？」

何か言わなくちゃと思うけど、声が出ない。息の仕方も思い出せない。自分の手足がどこかへ消えてしまったみたいに、ぴくりとも動けない。蛇にらまれた蛙だ。それも、ニシキヘビ対アマガエルくらいの戦力差の。

「何をしている。いや……何をした？」

疑問形だけど、これは質問じゃない。

サイードが腰の剣に手をかけた。そして、まるで見せつけるみたいにゆっくりと抜く。すらり、と擦《す》れる小さな音が響くようだった。

冷静さをすっかり失い狂気をはらんだ視線が舐《な》めるように私の体を這《は》った。「王女だから命まではとられないはず」なんて楽観的ではいられない。今の私はサイードの秘密を知ってしまった邪魔な人間だから。

「ラフィ。首を突っ込むべきではなかったな。覚悟――」

「――するのは、あなたのほうです」

低い声が割り込んだ。

推しの声だ。

サイードの首元に何か光るものが見えたと思ったら、暗闇から声の主が姿を現した。

「閣下。指一本でも動かしたら、この場で頭と体を切り離します」

サイードが唾《つば》を呑んだのが、喉《のど》の動きでわかった。

「……カリムか。貴様、この儂《わし》に剣を突き付けるなど、なんのつもりだ」

「あなたこそ。王女に向かって剣を抜くとは、なんのつもりです」

「きさ――」

振り返ろうとしたサイードの首に剣が押し付けられた。

「閣下。ハッタリではありません」

ざ、と足音がした。狭い通路、カリムの背後から屈強な男たちが現れる。その中にはアルジュの姿もあった。数で敵わないと悟ったのだろう。サイードは大人しく剣を手放した。

「閣下を王宮へお連れしろ」

カリムの号令で男たちがサイードを取り囲む。サイードは忌々《いまいま》しそうにカリムを見上げた。

「カリム。儂《わし》に逆らってただで済むと思うなよ。王の座はやらん。ラフィの結婚相手には別の者を選ぶ。どうだ、カリム。せめて明日の晩――正式な結婚式を終えるまで、待つべきだっ」

「そのことなら」

ようやく声が出るようになったので、割り込んで声を上げる。狭い通路に私の声が響いた。

「――そのことなら、私の結婚相手は私が自分で選びますのでご心配なく」

信じられないくらい震えた声だったけど、サイードを黙らせるには十分だったらしい。サイードは部族の男たちに囲まれ、抵抗もできず、狭い通路を引きずられてゆく。

そのあとについて私とカリムも外に出た。ようやく風を感じられる。

そのまま王宮に連行されるサイードの後ろ姿をカリムとふたりで見送っていたら、「アハハ」という場違いな笑い声が出た。全然笑う場面じゃないとわかっているのに、止まらない。おまけに手が震えている。

「王女」

「そっちじゃない。もうひとつのほうで呼んで」

「イツキ」

そう言いながら、カリムが私にマントをかけてくれた。暖かい、と思った瞬間、抱き寄せられる。草と砂の混じった、あの匂いに包まれた。何度か深呼吸をしたら、笑いも震えも遠ざかっていった。

「イツキ」

カリムの腕がぎゅっと締まる。苦しくはない。

「イツキ、もう大丈夫だ。サイードは終わりだ」

「うん。良かった。それにカリム、やっと約束を果たせたね」

「ありがとう。君のおかげだ」

「あの人に……会えた？」

「会った」

「そっか。会えたんだね。良かった」

「ここまでの道を教えてくれた。井戸に飛び込むか迷ったんだが、君の頭の上に降り立つわけにもいかないから。遠回りをしたせいで遅くなってすまない」

「助けに来てくれてありがとう」

ぎゅ、とまた腕が締まる。ちょっと苦しくなってきた。

「あの……カリム？」

私を抱きしめたまま、カリムが言った。

「肝が冷えた」

「……心配してくれてありがとう」

「ん」と小さな声が答えた。それからしばらく、黙って抱き合っていた。

風が砂を運ぶさらさらとした音が耳をくすぐる。

覚悟を決めるのに少し時間を要した。一度深呼吸してから、一気に吐き出すように呼びかける。

「……カリム？」

「なんだ」

「もういいよ」

ぱっと、彼の体温が離れた。

「すまない、苦しかったか」

「ううん、そうじゃなくて。婚約のこと」

「婚約がどうした」

「解消したいんじゃないかなって」

カリムは眉を寄せた。

「俺が……？　どうしてそう思う？」

「だって、あの人。カリムの大切な人でしょう？」

ハチミツ色の目がこちらを見下ろしている。

「たしかに大切だが――」

「あの人も絶対にカリムのこと好きだよ。だから、あの人を不幸にするようなことをしちゃダメだよ。迎えに行くって約束してたんでしょ？　その約束を果たすために、この婚約をしたんでしょう？　約束はもう果たせたから、婚約は必要ないんでしょう。カリムもあの人もお互いを大切に思ってる。それなら、幸せにならなくちゃ」

カリムは何も言わない。私の顔をじっと見つめて、何か考えているようだ。自分の鼓動の音が聞こえそうなほどの静けさだ。

沈黙のあと、カリムが低い声で言った。

「……イツキは？」

「ん？」

「俺や他の奴の気持ちは置いておいて、イツキはどうしたい？」

「私は」

カリムを見つめる。

涙が出た。

「カリムに幸せになってほしい。あ、でも、サイードがいなくなったあと、この国をどうするか相談に乗ってもらえたら嬉しいけど。私だけじゃどうにもできないから」

——私、いい奴だな。

ちょっとみじめだったから、自分でそう褒めてあげることにした。

だってなんだか、おとぎ話の魔法使いみたいだ。ヒーローとヒロインが幸せになるのを助けてあげるけど、ハッピーエンドの最後のページに居場所はない。おとぎ話はヒーローとヒロインのふたりが「ずっと幸せに暮らしました」で終わる。魔法使いがどうなったかなんて誰も教えてくれないし、誰も知りたがらない。まぁ幸せになったんだろうなぁ程度の存在感だ。悲しい。

心の中で自分にエールを送っていたら、カリムが私の目を見つめながら口を開いた。

「それなら簡単だ。結婚してくれ」

鼻水が出た。

「……へ？」

「俺は君を愛してる。どういうわけか誤解が生じているらしいが――」

カリムの視線が私の後ろに移る。それを追って振り向くと、あの女性が立っていた。私たちを見てにっこりと微笑む。

「おめでとう、兄さん。僕を助けてくれた人と結婚なんて嬉しいよ」

空耳かな。

「にい、さん……？」

気のせいじゃない。そう聞こえた。「僕」とも聞こえた。

カリムが驚く私を笑いながら言う。

「紹介しよう、彼はムラト。俺の弟だ」

「おとうと」

すぐには何が起きたのか呑み込めなかった。

そういえばカリムから、仲の良かった弟がいる、と聞いた気がする。てっきり何か複雑な事情があって仲違いしたのだと思っていたけど、違ったらしい。

「ムラト、こちらは」

「王女様、だね」

「そうだ。事情を話してもいいか。彼女は信用できる」

「信用できるのは知ってる。話していいよ」

女性が、いや、弟が、つまりムラトが答えた。その言葉を受けて、カリムが話し出す。

「ムラトは竜の子だ。未来が見える」

「と言っても、未来はいつも不確定だから。常に揺れ動くぼんやりとしたものだけどね」

そう付け足したムラトの声は低い。そういえば喉仏《のどぼとけ》も見える。どうして気づかなかったんだろう。暗かったからか。女の人だと思い込んでいたからか。

私の混乱をよそに、カリムが続けた。

「未来を知りたがる者は多いからな。ムラトは幼い頃から何度も誘拐されそうになった。両親は自分たちの命を懸けてムラトを守った」

「命を……」

「俺たちはここからはるか遠い、砂漠の外れの小さな村に住んでいたんだ。ムラトを狙って、村はたびたび襲撃に遭った。村の皆は優しかったが――」

「このままだと、いつか疎《うと》まれるようになるって。僕がその未来を見たんだ」

「だからムラトを連れて村を出た」

「……そうだったんだね」

「ふたりきりでしばらく岩山の洞窟に身を隠していたんだけどね、ある日見つかってしまった」

ムラトの言葉に、カリムの奥歯がギリリと音を立てた。

「抵抗したが、囲まれて暴行を受けた。俺は指ひとつ動かせなくなって地面に横たわってた。ムラトを目の前で連れ去られたんだ」

カリムの脳裏に浮かんでいた、泣いて縋《すが》るムラトは、そのときの姿だろう。

「俺は死んだと思われてその場に置き去りにされた。そこをアルジュが見つけて、部族で保護してくれた。実際、彼らに見つけてもらえなければ死んでいたと思う。ジャッカルが周りをうろついていたんだ。アルジュはジャッカルの遠吠えを聞いて、俺がいることに気づいた」

「あ……だから私が襲われそうになったときにも」

「そうだ。俺を見つけたときぶりにジャッカルが変な遠吠えを上げているからと、アルジュが気にしていたんだ」

カリムは一度言葉を切り、ため息をついた。

「あの日から、連れ去った相手が誰かもわからないまま弟の行方を捜し続けていた。いつか取り戻せるように、力をつけることだけを考えて生きてきたんだ」

「でも……どこかの時点でサイードが犯人だとわかったんだよね？　どうして？」

「奴の警護をしたときに声でわかった。忘れもしない。ムラトを連れ去られたとき、ひとり後ろで指示を出していた男の声だった。顔を隠していたけど、声は隠せないからな」

「声だけで？」

「他にも疑う理由はあった。ムラトを連れ去られてほどなく、奴にとって都合の良いことが起こり始めた。国王夫妻が砂嵐に巻き込まれ、王子は非業《ひごう》の死を遂げ、奴に国を動かす力が転がり込んだ。摂政《せっしょう》になってからは、奴の予言じみた言葉が次々に現実になっていった。関与を疑わずにはいられない」

「そっか」

「何年もかけてこの宮殿のことを調べ続けた。それでも、どうしても核心に辿り着けなかった。奴は人を信用しないから、簡単に自分の秘密を明かしたりはしない。だから信用を得るのは途中で諦めた。『利用価値のある人間だ』と思わせて、近づくことにした」

「サイードの邪魔な人を消したりも？」

そう言うと、カリムはうなずいた。

「消した。まぁ、ある意味ではな。大半は隣の国に逃がし、いくらかは砂漠の民になった」

「……皆生きてるの？」

「そうだ。サイードにとって邪魔な人間のほとんどは、国にとって大切な人間だからな」

「そっか。良かった。それで信頼を得て、王女との婚約に至ったわけだね」

「最初からそれを狙っていたわけじゃない。だが、婚約の話が出たときに『これなら王宮にも自由に出入りできる』と思った。家族を亡くして以来、王宮や街への興味を失ってしまったという王女のことも気にかかっていたし。それに、奴よりはマシな統治者になれるのではないかと、うぬぼれてもいた」

「それはうぬぼれじゃないよ。カリムはきっと、いい王様になる」

そう言うと、カリムが優しい目で私を見下ろした。

「疲れた顔をしてるな。王宮に戻ろう。もう眠ったほうがいい。言っておくが――」

カリムが険しい顔をした。

「もう王宮から抜け出したりするなよ」

「わかってるよ」

カリムとムラトと三人で細い道を抜け、王宮へ向かって歩く。ぎゅ、ぎゅ、と足の下で鳴る砂の音が今夜に限って明るく聞こえるのは、きっと私の心持ちのせいだ。


王宮に着くと、すぐに兵たちが駆け寄ってきた。

「カリム様」

「なんだ」

「閣下の処遇ですが。いかがしますか」

もうすっかり話は伝わっているらしい。兵の口調に、サイードに対する恐れは見当たらなかった。

「王女に剣を向けただけじゃなく、人を誘拐して地下に九年も閉じ込めていたんだ。その他の疑いはともかくとして、牢《ろう》にぶち込んでおくには十分な理由だろう。処遇はまた相談して決めるとして、一旦は地下牢《ちかろう》だ。個人的には、向こう九年は全く日の当たらない暗闇の中で過ごしてほしいね」

「わかりました。それから、客人たちのことですが。騒ぎに気がついて、動揺が広がっています」

カリムがふぅ、とため息をついた。

「次期国王として、説明と謝罪に行くべきだろうな」

「カリム。私も一緒に行こうか？」

「いや、君は休んでいてくれ。部屋へ戻って少し眠るんだ。昨日から一睡もしていないの、バレてないと思ってるんだろうが……」

「わかったわかった、寝ます」

「ムラトは中庭で待っていてくれ。あとで行く」

「わかった」

「それでは――」

そう言ってカリムが居住まいを正した。

「ラフィ王女」

「はい」

「明日……いや、もう今夜だな。今夜またお会いしましょう」

カリムが空を見上げて言った。

もう真夜中を過ぎているらしい。結婚式は今夜だ。

「うん。今夜ね」

「さっき話したことを忘れるなよ」

「どれのことかわかんないけど」

「寝ろ。部屋から出るな」

「オッケー」

私の軽い返事を聞くなり慌ただしく去ってゆく背中を見送りながら、ムラトに問うた。

「カリムって、昔からあんな？」

ムラトが肩をすくめる。

「そうだね。自分よりも先に僕のことを考えてくれる、いい兄だよ」

「そっか」

ムラトを中庭に案内し、ベンチに座らせた。

「じゃあ、私はこれで」

おやすみの挨拶をしようと思ったら、ムラトが見えない目で私を見上げた。

「ねぇ、ひとつ聞いてもいい？」

「いいよ」

「あなたは誰？」

予想だにしない問いだった。

「……え？」

カリムは彼の前で「イツキ」とは呼ばなかったはずなのに。

「どうして」

「僕が見たことを、あなたにも見せてあげられると思う。僕の手を握ってくれる？」

少し躊躇していると、ムラトは笑った。

「手なら、洞窟の中でつないだだろう」

「だってあのときは、とにかく必死で」

ムラトの頭の中を覗いてる余裕もないくらいだった。少しの逡巡《しゅんじゅん》のあと、彼の骨ばった手を握った。すぐに映像が流れ込んでくる。

「これは……」

私だ。雑然とした部屋の中に座っている。でも、私じゃない。だってこんな場面は記憶にない。それに表情が少しも私じゃない。

彼の頭の中の私は、自宅の庭に椅子を置き、その前にイーゼルを立てて絵を描いていた。絵がとても上手だ。そこも私とはまるで違う。温かな色彩の絵を覗き込んで、それがこのファレシュの風景を描いたものだと気づくのに、時間はかからなかった。

それも、私が数週間前まで生きていた時代のファレシュではない。今私がいる、この時代のファレシュだ。宮殿があり、市場が栄え、人々が行き交っている。

「もしかして、これ……」

「そう、ラフィ王女の今だよ。今、と言うのか、未来、と言うのか、難しいけれどね」

彼女の近くには、私の父がいる。

「私の父は……もしかして、気づいてないのかな？」

そう問うと、場面が移り変わった。

父が何か熱心に本を読んでいる。いつもきちんと整頓されていた部屋は本や紙で埋め尽くされている。本をめくる父の手は乱暴で、血眼《ちまなこ》になって何かを探しているようだった。そこへ父の仲間たちが入ってきた。皆手に手に本を携《たずさ》えている。

ちょうどひとりの持っている本の背表紙が見えた。ファレシュの歴史の本だ。

ドクン、と心臓が跳ねる。

父の手元が見えた。「ラフィ王女」の項目だ。積み上げられた本はすべて、ファレシュの歴史関連の書籍らしい。

「彼らは気づいてるよ。向こうのラフィ王女の生活をサポートしながら、君の痕跡を探し求めているんだ」

「……そっか」

ここにいるよ、と、彼らに声を届けられたらいいのに。

「また家族に会える日が来る？」

ムラトに問うと、彼はすぐには答えなかった。少しの沈黙のあと、静かに言う。

「すべてが見えるわけじゃないんだ。断片的に、ときどき勝手に流れてくる。それに、未来はいつも揺れ動いてるから。特に、人の意志が関わることはね」

「そっか」

それでも、信じていれば、きっとまた会える。それまでは、この場所で生きていかないと。

「彼に――カリムに、話す？」

「何を？」

「私のこと。私がどこから来たか」

ムラトは首を横に振った。

「兄さんはきっと、あなたの口から聞きたいと思うよ」

「……怒るかな？」

ムラトは答えなかった。

「見えてるなら、教えてよ」

「言ったでしょう？　全部見えるわけじゃない」

そう言ってから、「でも」とムラトは付け足した。

「大丈夫だよ。兄さんとあなたは、すごくいい夫婦になるよ」

「いい夫婦の定義は？」

「いつも一緒に笑ってて、ときどき喧嘩して、仲直りして、また笑ってる」

「……それってなんか、私の両親みたい」

鼻の奥がツンとした。でも、泣かなかった。

満月の夜に結婚しました

それから十数時間後、私はカリムと向かい合って座っていた。人手も物も手当てや看病に割《さ》かれているので、儀式に相応しい装飾は何もない。けれど、そのおかげで広間の高い天井が際立ち、かえって荘厳な雰囲気を醸《かも》し出していた。

カリムに促されるまま、彼の右手の上に右手を重ねる。その上にカリムが左手を乗せ、また私が

左手を乗せる。掌《てのひら》を四段に重ねた上に、花の種が置かれた。

「手を取り合い、種を育《はぐく》みなさい」

カリムに導かれて一緒に手を動かし、種を水がめの中へ落とす。それで儀式は完成だ。種は信頼、尊敬、子宝。夫婦として育《はぐく》んでいくすべてのものを意味しているらしい。カリムがこの儀式の意味を教えてくれた。

ずっと――実際にはそうでもないけど――王女の顔を覆《おお》っていた布をゆっくりと剥《は》がす。本当なら初めて花嫁の顔を見る感動の瞬間なのだろうけど、カリムにとっては見慣れた顔だ。それでも、布を外して彼を見つめた瞬間、彼はとびっきりの笑顔を浮かべていた。

カリムが王になった。

広間は歓声で満ちていたけど、カリムも、私も、静かにそのときを迎えていた。

ふたり並んで、本来ならサイードが座っていたはずの空《から》の椅子のほうへ一礼をし、摂政《せっしょう》としての功績を讃《たた》え、そしてその任を解いた。これでサイードの役目は終わりだ。

やまない拍手の中をくぐり抜け、手をつないで広間を出る。廊下は街の人であふれていた。中にはムーアの姿も見える。その眦《まなじり》に浮かぶ涙の意味はわからなかったけど、私は手を振って微笑んだ。リマもいた。笑顔だった。

『王と王妃の間』と呼ばれる広い部屋に入り、扉を閉める。ようやくふたりきりになった。

部屋はきっと豪華な作りなのだろうけど、それを楽しむ余裕はなかった。閉めた扉のすぐ前でカリムと向き合った。頬に彼の手が触れる。流れ込んでくる映像に、ムラトの姿はない。私の顔だけだ。

「さて、我が妃」

「国王陛下」

「サイードの処遇だが」

思わず「エーッ？」と声が出た。

「結婚して最初に、その話するの？」

「面倒事は最初に片付けておきたい」

「……わかった。どうなるの？」

「追放が決まった」

「……そっか」

「反対か？」

「ううん。ただ、戻ってこないかなって」

「それは大丈夫だ。あの、宝剣の富豪の話をしただろう」

「カリムが命を助けたっていう？」

「ああ。彼が、地の果てからはるか南へ出港する船の乗組員を探していて」

「もしかして……サイードをそこに？」

「ああ。帰りの船はない」

「……そっか」

ザマミロ、というう気持ちと、かわいそうだな、という気持ちが混在していた。

「……その道を選んだのは、彼自身だもんね」

「そうだ。ムラトもそう言っていた。『踏みとどまる機会はいくらでもあって、彼の未来にも無数の可能性があったのに、彼は自らその未来を選んだんだ』って」

「そうだね」

カリムが腰に付けた短剣のうちひとつを、こちらへ差し出してくる。何事かと目をしばたたかせていると、剣を差し出したままカリムが口を開いた。

「砂漠の民の伝統だ。これを受け取ってほしい」

「……ええと、武器に見えるんだけど」

それも、とても実用的な代物だ。あの宝剣みたいにキラキラもしていない。

「婚姻の誓いに夫が妻に渡す習わしなんだ」

「……物騒だね」

「そうだな。意味も物騒だ。『道を誤ったときには君の手で殺してほしい』という」

「それ、使う日は来ないんじゃないかな」

「道は誤らないかどうかはわからない。まぁ、些細な失敗で刺し殺されたくはないが。たとえば結婚前に王女の顔を見てしまったとか」

カリムはそう言ってニヤリと笑ってから、また真剣な表情に戻った。

「正しい道を歩んで、正しい未来を選びたい。だから、受け取ってくれ」

それがさっきのサイードの話とつながっているのだとわかったから、私はうなずいて短剣を受け取った。

「わかった。私の手を血みどろにしたくなかったら、いい王様といい夫でいてね」

「ああ。努力する」

カリムの手を握った。言うなら今だ。心は決まっているのに、やはり緊張して、息が荒くなった。深呼吸し、ゆっくりと話し出す。

「ひとつ、話さなくちゃいけないことがあるの。ずっと言おう言おうと思っていて、言えなかったこと。もっと早く話すべきだったんだけど——」

「中身が別の人間だってことか?」

息を詰めてハチミツ色の目を見つめた。

「……わかってたの?」

「砂嵐の日に君が王女だと言われてからずっと考えていた。君の何が嘘で、何が本当なのか。そうしたら、どうしてもその結論にしか辿り着かなかった。君は話に聞いていた王女とはあまりにもかけ離れていたし。外側は王女のまま、中身が別の人間——イツキなんだろうと」

「そっか」

それから私は、ムラトの見た未来のことを説明した。王女が竜の子だという事実はカリムを驚かせはしたが、合点がいった様子を見せただけで、心を読まれることへの居心地の悪さは感じていないらしかった。

長い話が終わると、カリムが私の額に軽く口づけた。

――デコチュー。

なんか子供扱いされた気がする。額を押さえて抗議の声を上げようとしたら、カリムが真剣な顔をした。

「イツキ、約束する」

「何を?」

「いつか必ず、竜の涙を見つけるよ」

「ええと、それは『帰れ』ってことでいい?」

「いや。帰る手段がないから傍にいるのではなく――竜の花嫁がそうしたように――君が自らこの地にとどまることを選ぶような人生を送れるよう、俺は一生努力する」

それは最高のプロポーズだった。

「……ありがとう」

カリムに渡された短剣を握りしめて、深呼吸をした。そして私も決意を口にする。

「私も頑張らないと。自分の正しいと思うことをして、小さくてもいいから、歴史の中に足跡を残しておけば、きっと未来にいる彼らのもとに届くと思うの」

父はきっと、残りの生涯をかけて、私の小さな痕跡を探し出してくれるはずだ。私は私自身と、父に、それに家族に、友人に、恥じない生き方をしなくちゃ。

カリムはそんな私を抱きしめてくれた。もう涙は出ない。

「泣きたくなったら、いつでも泣いていい。胸を貸してやる」

「ありがとう。借りる日はきっと来ると思う。それに、カリムもね。泣きたくなったら、私がいるよ」

「ああ、わかってる」

見つめ合い、微笑んだ。うん、今日という日には、やっぱり笑顔が似合う。

「ところで国王陛下？」

「何かな、我が妃」

「今は別の願い事があるんだけどな」

そう言ってカリムを見つめたら、キスが落ちてきた。今度こそ、唇だ。柔らかな感触を確かめるようにゆっくりと口づけ、離れた。

流れてくる映像は、どれも私の姿ばかりだ。婚約発表の席で「フン」と鼻を鳴らした姿、街で会った男装、砂嵐のあとの頬を腫《は》らした顔……ラフィ王女じゃなく、私だ。

「……どうしてキスを？」

「それを願ったんじゃないのか」

「……『うぬぼれ屋さん』って、よく言われない？」

「そっちこそ、『わかりやすい』って、よく言われないか」

大好きな、ハチミツ色の瞳がキラキラと輝いていた。

新＊感＊覚　ファンタジー！

Regina レジーナブックス

人助けしたら、
ヤンデレ開花させちゃった!?

一宿一飯の恩義で
竜伯爵様に抱かれたら、
なぜか監禁されちゃいました！

当麻月菜《とうまるな》
イラスト：秋鹿ユギリ

電車に轢《ひ》かれ、あわや……という瞬間、異世界に転移したアカネ。運よくデュアロスと名乗るイケメンに保護され、平和な生活を送っていたある日、彼が何者かに超強力な媚薬を飲まされ、命の危機に！　彼を助けるにはナニをし、薬の排出を促すしかない。「今こそ一宿一飯の恩義を返すとき！」——アカネは我が身を捧げ彼を救ったのだけれど、その後なぜか彼から監禁されてしまって⁉

詳しくは公式サイトにてご確認ください。
https://www.regina-books.com/

携帯サイトはこちらから！

この作品に対する皆様のご意見・ご感想をお待ちしております。

おハガキ・お手紙は以下の宛先にお送りください。

【宛先】

〒150-6008 東京都渋谷区恵比寿 4-20-3 恵比寿ｶﾞｰﾃﾞﾝﾌﾟﾚｲｽﾀﾜｰ 8F
（株）アルファポリス　書籍感想係

メールフォームでのご意見・ご感想は右のＱＲコードから、
あるいは以下のワードで検索をかけてください。

アルファポリス　書籍の感想　検索

ご感想はこちらから

召喚《しょうかん》された竜《りゅう》の国《くに》で砂漠《さばく》の王女《おうじょ》になりました
～知《し》らない人《ひと》と結婚《けっこん》なんてごめんです！～

奏多悠香（かなた はるか）

2021年11月 5日初版発行

編集－堀内杏都
編集長－倉持真理
発行者－梶本雄介
発行所－株式会社アルファポリス
〒150-6008 東京都渋谷区恵比寿4-20-3 恵比寿ｶﾞｰﾃﾞﾝﾌﾟﾚｲｽﾀﾜｰ8F
TEL 03-6277-1601（営業） 03-6277-1602（編集）
URL https://www.alphapolis.co.jp/
発売元－株式会社星雲社（共同出版社・流通責任出版社）
〒112-0005 東京都文京区水道1-3-30
TEL 03-3868-3275
装丁・本文イラスト－薔薇缶
装丁デザイン－AFTERGLOW
（レーベルフォーマットデザイン－ansyyqdesign）
印刷－図書印刷株式会社

価格はカバーに表示されてあります。

落丁乱丁の場合はアルファポリスまでご連絡ください。

送料は小社負担でお取り替えします。


ISBN978-4-434-29521-8 C0093